Milena Markowitsch

Dark Ship
In den Fängen der Wut

Das Buch

Der Überfall Afternoons auf das geheime Camp, in dem Kindern geholfen wird, ihre Ängste zu überwinden, liegt ein Jahr zurück. Im Camp scheint Ruhe eingekehrt zu sein. Doch Jacks Wut auf seinen Widersacher, der seinen Vater, den Campleiter Mr. Winterbottem und einen seiner besten Freunde auf dem Gewissen hat, wächst. Als plötzlich Hinweise zum Aufenthaltsort von Afternoon auftauchen, sind Jack und seine Freunde nicht mehr zu halten. Gemeinsam begeben sie sich zum Dark Ship, um im weit entfernten Ort Saiville nach ihm zu suchen. Eine abenteuerliche und gefährliche Reise beginnt.
Dark Ship ist der zweite Band der Dark River - Trilogie.

Die Autorin

Milena Markowitsch wurde 2009 als ältestes von drei Kindern in Berlin geboren und lebt heute mit ihrer Familie in Freiburg. Noch bevor sie lesen und schreiben konnte, dachte sie sich eigene Geschichten aus, die sie ihren Geschwistern erzählte.
Neben dem Schreiben liebt sie Theaterspielen und Musizieren, spielt Kontrabass und Klavier. Für das Jahr 2022/23 wurde Milena für die Kreativwochen „Schreibspuren" der KULTURAKADEMIE der Stiftung Kinderland Baden-Württemberg am Deutschen Literaturarchiv Marbach ausgewählt.

Milena Markowitsch

Dark Ship

In den Fängen der Wut

Roman

Bibliografische Information der Deutschen Nationalbibliothek: Die Deutsche Nationalbibliothek verzeichnet diese Publikation in der Deutschen Nationalbibliografie; detaillierte bibliografische Daten sind im Internet über dnb.dnb.de abrufbar.

Herstellung und Verlag: BoD – Books on Demand, Norderstedt

ISBN 978-3-7494-2836-6

Inhaltsverzeichnis

Prolog

Es beginnt mit der Angst. Sie kommt, wenn du nicht mehr weiterweißt und glaubst, dass alles verloren ist. Sie schleicht sich heran und hüllt dich ein. Dann packt sie dich und gibt dich nicht mehr frei. Lässt du der Angst diese Macht über dich, dann macht sie dich, dein Handeln und dein ganzes Sein zu ihrem Sklaven.

Und dann kommt die Wut. Sie kommt, wenn du versuchst, die Angst abzuschütteln. Zuerst fühlst du dich wieder stärker, fühlst wieder Macht in dir wachsen. Doch die Wut bringt dich dazu, Dinge zu tun, die du nicht tun willst. Jetzt übernimmt sie die Macht und bestimmt über dich. Du hast gehofft, dort, wo die Angst endet, beginnt die Freiheit. Doch die Angst ist heimtückisch. Sie lässt dich nicht ganz los und übergibt dich deinem nächsten Meister, der Wut.

Wenn sich Angst und Wut vereinen, zerstören sie dich. Doch du kannst beide besiegen, wenn du nicht aufgibst.

Erstes Kapitel

Hannah Samon

„Jetzt schließt die Augen und denkt an etwas Schönes. Denkt an das Rauschen des Meeres, das ihr, eine Limonade trinkend, am Strand vernehmt, während die Mittagssonne eure Haut wärmt. Oder denkt an einen wundervollen Frühlingstag. Ihr sitzt mit euren Freunden im grünen, saftigen Gras während..."

„Und was, wenn man keine Freunde hat?"

Eine hohe, dünne Mädchenstimme unterbrach Jack.

„Nun, dann sitzt ihr mit eurem Haustier im Gras und..."

„Und was, wenn man auch kein Haustier hat?", unterbrach sie ihn schon wieder.

„Katy, könntest du bitte aufhören, mich andauernd zu unterbrechen? Ich versuche hier, Euch etwas beizubringen und du..."

„Ich wollte bloß realistisch sein. Außerdem dachte ich, du stehst auf Mädchen, die dich durchgehend unterbrechen!"

Jack spürte, wie seine Wangen warm wurden. Ein Gekicher machte sich im Klassenzimmer breit. Offenbar war allen im Raum klar, dass Katy sich auf Becca bezog, eine Freundin von Jack, der es ebenfalls sehr schwer viel, anderen nicht ins Wort zu fallen. Dass es zwischen Jack und Becca ordentlich gefunkt hatte, hatten bereits alle Kinder mitbekommen. Zum Glück rettete ihn der Schlussgong. Schnell packte Jack seine Sachen in den schwarzen Rucksack und lief, ohne sich noch einmal von der Klasse zu verabschieden, aus dem Raum.

„Hey, wie lief es bei dir?"

Beccas Stimme ließ Jack hochschrecken. Er schüttelte den Kopf, und Becca ließ sich neben ihn auf die Bank fallen.

„Katy?", fragte sie und in ihrer Stimme klang Mitgefühl.

„Ich weiß nicht, wie ich das durchhalten soll. Ich versuche, diesen Kindern beizubringen, wie sie ihre Angst bekämpfen können, und sie hindert mich daran - andauernd!"

Becca zog nachdenklich die Augenbrauen hoch.

„Vielleicht könntest du ja mal mit ihr reden...", fragte Jack vorsichtig.

„Was? Wieso gerade ich?"

„Hey Leute, was geht ab? Wie ich sehe, nicht sehr viel. Jack sieht aus, als hätte er eine Kröte verschluckt und Becca, als hätte sie einen Elefanten im Ballettröckchen gesehen. Oder vielmehr, als hätte sich Jack vor ihren Augen als Elefant im Tutu entpuppt. Macht keinen Sinn, was ich da rede, oder?"

Jeremy ließ sich lachend auf die andere Seite der Bank Becca gegenüber plumpsen. Auch Theo schwang sich wenige Sekunden später neben Jeremy.

Schon ein Jahr lag der Angriff auf das Camp zurück. Afternoon hatte damals die gesamte Anlage zerstört und George, einen Freund von Jack, vor dessen Augen erschossen. Doch mit Charlies Hilfe und zusammen mit Becca, Jeremy und Theo hatte Jack einen Neuanfang geschafft. Gemeinsam hatten sie das Camp wieder aufgebaut. Nun, ein Jahr später, stand es wieder in seiner vollen Pracht. Unter den Kindern war Ruhe eingekehrt und das Leben im Camp nahm seinen gewohnten Gang.

Becca, Jack und Jeremy hatten sich entschieden, ebenfalls zu unterrichten. Sie wollten den Kindern im Camp helfen, ihre Angst zu überwinden, genauso, wie ihnen selbst geholfen worden war.

„Jack, wenn dich diese Katy so unglaublich aufregt, solltest du mit Kimjin sprechen und sie fragen, ob sie mal mit Katy reden kann."

Jeremy nahm sich ein Brot und beschmierte es dick mit Butter.

„Was glaubst du, was sie tun wird, wenn ich zu ihr komme und ihr sage, dass ich nicht unterrichten kann, weil mich ein 10-jähriges Mädchen mobbt! Sie würde mich nicht mehr unterrichten lassen oder würde sagen, ich solle sie ignorieren. Aber wie soll man jemanden ignorieren, der einen die ganze Zeit unterbricht?"

„Autsch! Das hättest du lieber nicht sagen sollen!"

Jeremy deutete mit dem Kopf zu Becca. Jack sah gerade noch ihr verletztes Gesicht, bevor sie sich von der Bank erhob und ging.

„Könnte sein".

Zaghaft klopfte Jack an Beccas Tür. Nichts rührte sich. Doch Jack wusste genau, dass jemand in dem Zimmer war. Er vernahm ein zittriges Atmen hinter der Tür. Ungeduldig drückte er, ohne eine Antwort abzuwarten, die Klinke herunter. Der Raum war leer. Schnell trat er ein. Die grünen Vorhänge, die die helle Mittagssonne von draußen aussperrten, warfen ein grünliches Licht in den Raum. Ganz langsam lief er zu dem hinteren Bett. Die Pinnwand darüber war voller Fotos. Er erkannte eines mit Becca und Charlie, eines von Beccas Familie und mehrere Bilder des Camps. Es war keine Frage, Becca war eine ausgezeichnete Fotografin. Vorsichtig löste Jack ein Bild von der Wand. Er selbst war darauf zu sehen. Er hielt Becca im Arm, und sie hatte einen Arm um Theo gelegt, der Jeremys Hand griff. Und noch jemand war zu sehen. George.

Er lehnte sich an Jeremy und lächelte sein verschmitztes und doch ernstes Lächeln. Bei George hatte Jack immer das Gefühl gehabt, dass er einen nie ganz an sich heranließ. Selbst, wenn sie zusammen gelacht und Spaß gehabt hatten, war eine Mauer zwischen ihnen gewesen, hinter der George sein Innerstes stets fest verborgen hielt. Jack spürte, wie seine Augen feucht wurden. Schnell wischte er sich die Tränen fort und hängte das Bild wieder zu den anderen. Ihm war, trotz der leichten, aber dennoch Wärme spendenden Sonne auf einmal furchtbar kalt. Rasch zog er sich die schwarze Lederjacke enger um den Körper und wandte sich zum Gehen.

Eine Gestalt auf dem gegenüberliegenden Bett ließ ihn zusammenschrecken.

„Es ist furchtbar, wenn man jemanden verliert."

Jack erblickte ein Mädchen, das dort saß. Ihre Stimme klang leer.

„Ich habe auch jemanden verloren", sagte sie leise und erhob sich aus dem Bett. Das grünliche Licht beschien die eine Hälfte ihres Gesichtes, die andere war bleich wie die Wand.

„Wer bist du?", fragte Jack und ging forschend einen Schritt auf sie zu.

„Hannah, Hannah Samon. Und du bist Jack, oder?"

Sie trat ebenfalls einen Schritt nach vorn. Nun konnte Jack sie richtig erkennen. Sie trug ein weißes, mit Spitzen besetztes Nachthemd, und ihre honigblonden, zerzausten Haare fielen ihr in kleinen Wellen über die rechte Schulter. Für einen Moment verlor Jack sich in ihren kastanienbraunen Augen. Er kannte sie, da war er sich sicher.

„Kenne ich dich?", fragte er und wartete gespannt auf ihre Antwort.

„Ich weiß nicht, vielleicht, vielleicht auch nicht. Ich bin schon länger im Camp, aber oft allein. Seit ein paar Tagen wohne ich in Beccas Zimmer. Sie ist sehr nett zu mir. Ansonsten werde ich nicht beachtet. Ich bin wie ein Geist, sagen sie."

„Wer sind *sie?*"

Jack war verunsichert. Er ließ den Blick auf ihrem makellosen, Porzellan ähnlichen Gesicht ruhen.

„Alle", raunte sie, und ihre Stimme nahm einen drohenden Unterton an.

„Für mich bist du nicht wie ein Geist", sagte Jack stockend, doch schon, als er die Worte aussprach, merkte er, dass sie nicht stimmten.

Hannah lachte gehässig auf.

„Das sagen sie alle, und doch wissen sie, dass es nicht wahr ist. Du hast mich noch nie bemerkt, habe ich recht?"

In Jack zog sich alles zusammen.

„Ich...tut mir leid."

Wieder lachte Hannah auf, aber diesmal klang es sanfter. Und ungläubig, so, als hätte sich noch nie jemand bei ihr entschuldigt oder auch nur ein Wort mit ihr gewechselt.

„Ich habe manchmal Visionen".

Jack horchte auf.

„Wovon handeln sie?"

Hannah strich sich eine ihrer hellen Haarsträhnen aus dem Gesicht und blickte Jack dann tief in die Augen.

„Von Afternoon."

Sie zögerte, als warte sie auf eine Reaktion von Jack, aber dieser bemühte sich mit allen Kräften, bei dem Namen nicht zusammenzuzucken.

„Manche sagen, ich sei eine Hexe", sprach sie weiter.

Ihre Stimme klang schläfrig und doch hellwach. Sie war rau und kitzelte in den Ohren, wenn man sie vernahm.

„Eine Geister-Hexe?"

Es sollte ein Scherz sein, aber Jack schaffte noch nicht einmal ein kleines Lächeln. Stattdessen lachte Hannah ihr engelsgleiches Lachen.

„Hast du sie auch, die Träume, wie du ihn findest, und ihm, mit einem Lächeln im Gesicht, ein Messer in die Brust stößt?"

Jack wollte den Kopf schütteln, doch gleichzeitig wollte er nicken. Irgendetwas war mit Hannah. Etwas, das sich tief in seinem Inneren so anfühlte, als wären sie miteinander verbunden. In irgendeiner Weise. Sie brachte Erinnerungen in ihm hervor, die er glaubte überwunden zu haben. Und das machte ihm Angst.

„Wen hast du verloren?", fragte Jack leise, und Hannah schüttelte langsam, in sich versunken, den Kopf.

„Sie hieß Elisabeth, Elisabeth Bolstroud."

Und da wusste Jack es wieder. Er wusste, woher er Hannah kannte. Sie war das Mädchen gewesen, das schluchzend aus dem Zelt gerannt war, als Elisabeths Name bei der Beerdigung gefallen war. Jack nickte.

„Hast du es gesehen? Wie sie verbrannte?", fragte Jack vorsichtig und merkte sogleich, wie Hannahs magerer Körper erschauerte.

„Ja", hauchte sie gerade noch so laut, dass Jack sie verstehen konnte.

„Ich sah sie verbrennen. Und dann sah ich *ihn*. Er stand auf der anderen Seite, und als er mich sah, lächelte er mir zu. Er lächelte mir zu, während sie verbrannte. Elisabeth und ich waren die besten Freundinnen, fast wie Schwestern. Sie war immer die vernünftigere von uns beiden. Wir hatten viele Freunde, und viele haben uns um unsere treue Freundschaft beneidet. Seit sie weg ist, beachtet mich niemand mehr, keiner von ihnen. Ich bin ganz allein".

Sie begann vor Wut zu keuchen, und ihre kleinen, schneeweißen Hände ballten sich zu Fäusten. Jack trat zu ihr und umgriff ihre mageren Fäuste. Sie waren eiskalt, und Jack wäre fast zurückgeschreckt, doch als er wahrnahm, wie sie auch seine Hände umschloss, gab es kein Zurück mehr. Mit Tränen in den Augen sah Hannah auf.

„Hey", flüsterte Jack sanft und strich ihr über die Wange.

„Ich weiß, was er dir angetan hat. Ich weiß, wie schlimm es ist. Es zerreißt einen. Aber wir werden uns rächen! Wir werden einen Weg finden und Afternoon auslöschen. Wir werden das schaffen. Irgendwie!"

Es war die verzweifelte Wut auf Afternoon, die sie im Innersten miteinander verband, das spürte Jack. Und er spürte, wie er sich mit seinen Worten Mut machte.

„Wann?", raunte Hannah.

In diesem Moment öffnete sich die Tür und Becca trat herein.

„Jack?!", rief sie erschrocken und kam mit schnellen Schritten auf ihn und Hannah zu.

Sie löste Jacks Hände aus den festen, eiskalten von Hannah.

„Was machst du?"

Die Frage schien mehr an Hannah gerichtet, deshalb trat Jack einen Schritt zurück.

„Ich habe bloß mit ihm geredet."

Hannahs Stimme war auf einmal zuckersüß, und sie lächelte Becca mit verwirrtem Blick an.

„Du musst doch im Bett bleiben, damit du wieder gesund wirst."

Becca nahm ihre Hand und führte sie zu ihrem Bett zurück.

„Ich wollte nur mit ihm reden. Er hat mir geholfen. Du hast einen tollen Freund."

„Leg dich hin. Hast du deine Medikamente genommen?"

Hannah nickte langsam, aber ihr Blick ruhte auf Jack.

„Muss er schon gehen? Wir wollten gerade bereden, wie wir Afternoon umbringen können."

Becca schüttelte den Kopf.

„Nein Hannah, Jack hat Unterricht. Er muss los."

„Schade. Auf Wiedersehen, Jack, komm bald wieder, ja?"

Jack hatte sich die ganze Zeit nicht gerührt, doch nun schüttelte er den Kopf.

„Ich kann nicht. Es könnte dir schaden."

„Nein, nein, nein, wirklich, du musst wiederkommen! Wir müssen doch noch den..."

„Jack, wir sollten gehen. O'Kelly kommt gleich, um sich um sie zu kümmern."

Mit diesen Worten ergriff Becca Jacks Arm und zog ihn aus der Tür.

„Was, was war mit ihr?"

Jack blieb abrupt stehen und löste seine Hand aus Beccas. Sie seufzte.

„Als sie zusehen musste, wie ihre beste Freundin starb, brach sie zusammen. Seitdem ist sie nicht mehr sie selbst. Sie schreit und weint ganz plötzlich los und schlägt um sich. Sie wird von O'Kelly betreut. Er ist immer für sie da, um ihr zu helfen und ihr beizustehen, aber auch er schafft es kaum. Wenn sie jemandem begegnet, der Afternoon nur im Entferntesten ähnlich sieht, wird sie rasend vor Wut. Manche Kinder hier aus dem Camp, die sie besucht haben, beschimpfen sie jetzt als Geister-Hexe. Sie hatten irgendetwas von Afternoon an sich. Entweder hatten sie blondes Haar oder blaue Augen so wie er, oder sie trugen ähnliche Kleidung wie Afternoon an dem Tag, als er das Camp zerstörte. Hannah hat diese Kinder verflucht, und die verstehen eben nicht, was sie Hannah angetan haben."

„Das ist furchtbar!", rief Jack aus und krallte die Hände in sein schwarzes, seidiges Haar. „Es ist schrecklich, wie Afternoon es schafft, uns alle zu verderben! Wieso tut niemand was dagegen?"

„Jack, die Polizei sucht doch schon so lange nach ihm, aber er verwischt seine Spuren immer wieder. Als er sich hier im Camp versteckt hatte, konnten sie ihn nicht finden. Das Camp ist geheim, das kennt niemand. Jetzt ist er nicht mehr hier, jetzt könnte die Polizei ihn fassen. Aber er scheint seine Sache unfassbar gut zu machen. Und er ist geübt darin, schmutzige Geschäfte zu betreiben."

Becca kaute heftig auf ihrer Unterlippe.

„Wie kann ein Mensch nur so brutal sein! Warum ist er bloß zu einem solchen Monster geworden?"

Jack setzte sich auf einen am Wegrand liegenden großen Stein.

„Ich weiß nicht. Aber ich denke, dass Lügen von Menschen, die man liebt und die einem nahestehen, einen viel tiefer treffen als Lügen von Menschen, mit denen man eigentlich nichts zu tun hat. Und es waren Afternoons Frau und sein Kind, die ihn hintergangen haben."

„Aber Mary und Lucy konnten doch gar nicht anders handeln. Sie hatten so große Angst vor Afternoon bekommen und waren verzweifelt. Ihre Flucht war ihr einziger Ausweg. Dass Afternoon so brutal geworden ist, muss viel früher angefangen haben und hat sicher andere Gründe. Auch Jamie Waadter hat Streit in die Familie gebracht."

Becca setzte sich neben Jack.

„Ja, aber etwas verstehe ich überhaupt nicht. Warum um alles in der Welt wollte Jamie Waadter das Camp geheim halten?"

Zweites Kapitel

Dark Ship

Jack betrat mit leisen Schritten sein Zimmer. Jeremy und Theo schienen schon zu schlafen. Noch immer geisterte ihm Hannahs Stimme durch den Kopf. Ein Trauma. Wieder kam ihm Beccas Frage in den Sinn. `Warum um alles in der Welt wollte Jamie Waadter das Camp geheim halten?´ Ja, warum? Vielleicht wollte er einfach nur die Kinder vor den Gefahren der Außenwelt beschützen. Erschöpft legte er sich in sein Bett und schloss die Augen. Aber als er George vor seinen geschlossenen Augenlidern sterben sah, öffnete er sie schnell wieder. Er konnte nicht aufhören, an Hannah zu denken. Und daran, was er zu ihr gesagt hatte. Dass sie sich an Afternoon rächen würden.

Ein Knarzen ließ ihn aufhorchen. Eine Silhouette bewegte sich auf Zehenspitzen auf die Tür zu. Jack erkannte einen Rucksack auf dem Rücken der Person.

„Hey!", rief Jack, und die Person drehte sich ruckartig zu ihm um.

Es war Jeremy.

„Was zum...?", begann Jack, setzte sich kerzengerade in seinem Bett auf und schaltete seine Nachttischlampe an. Jeremy seufzte schwer und ließ den Rucksack auf den Boden fallen.

„Jack, ich, ich dachte, du schläfst! Äh also, ich meine, ich... ich kann das erklären...". Jeremy setzte sich auf Jacks Bettkante und fuhr sich durch das dunkelblonde Haar.

„Na, dann schieß mal los!"

„Ich weiß, es sieht so aus, als hätte ich den Tod von George gut verkraftet, aber das stimmt nicht. Ich habe, seit er umgebracht worden ist, jede freie Minute damit verbracht, herauszufinden, wo sich Afternoon aufhalten könnte. Tag und Nacht. Und... ich glaube, ich habe etwas gefunden..."

Mit diesen Worten zog er einen Zeitungsartikel aus dem Rucksack und reichte ihn Jack.

Spuk im Shiver Inn
Seit einigen Tagen, so heißt es, spukt es in der Scheune des Shiver Inn in Saiville. Wirt Oscar Davies ist ratlos. Seiner Meinung nach befindet sich niemand darin, doch die Bewohner Saivilles sehen das anders. Licht flackert zu ungewöhnlicher Stunde in dem Lagergebäude auf, und nicht nur ein Gast behauptete, eine Silhouette am Fenster gesehen zu haben. „Afternoon", befürchten die Leute, und auch die Polizei schöpft langsam Verdacht. Der Massenmörder wurde das letzte Mal vor einem Jahr und zehn Monaten in Jeacksonwill gesehen. Seitdem ist er spurlos verschwunden.

„Und du denkst, dass Afternoon sich in dieser Scheune versteckt?", fragte Jack fassungslos.

„Na ja, Saiville ist ein abgelegenes Fischerdorf hinter den Bergen. Und es ist gute zwölf Stunden von Jeacksonwill entfernt. Außerdem heißt es, dass Afternoon da Verwandte hat."

Jack schüttelte ungläubig den Kopf.

„Und du wolltest dich gerade ernsthaft alleine dahin aufmachen? Geht's noch? Ich meine, was war dein Plan? Wolltest du dich in ein Boot schmuggeln und dann zwölf Stunden den Dark River runterfahren?"

„Na ja...also, ähm...ja. Das war eigentlich mein Plan...", gab Jeremy peinlich berührt zu und kratzte sich verlegen am Hinterkopf.

„Oh Mann, Jer!"

Jack erhob sich und nahm den Rucksack vom Boden auf. Eine Landkarte, ein Kompass, eine Taschenlampe, drei Tüten Chips, zwei Äpfel und eine große Flasche Wasser befanden sich darin. Jack hüstelte.

„Und damit wolltest du in See stechen? Mit drei Tüten Chips, zwei Äpfeln und einer Flasche Wasser?"

Jeremy zuckte mit den Schultern.

„Wie alt bist du, fünf?"

Auf Jeremys Gesicht stahl sich ein Lächeln.

„Ich will auch mit auf die Bootstour!"

Theo kletterte in Jacks Bett. Jack seufzte.

„Es wird keine Bootstour geben."

Theo ließ traurig den Kopf hängen.

„Können wir die Chips dann jetzt essen?"

„Jack, denk wenigstens darüber nach. Wir könnten Verstärkung holen, wenn uns die Sache über den Kopf wächst, und außerdem werden wir nie wieder so eine Chance bekommen!"

Jeremy öffnete die erste Tüte und griff großzügig hinein.

„Woher hast du eigentlich diesen Artikel?", fragte Jack.

Jeremy ließ sich auf den Rücken fallen und schob sich noch mehr Chips in den Mund.

„Es könnte sein, dass ich mich heimlich in Phelps Büro gestohlen habe. Du glaubst es nicht, da lagen Massen an Ausgaben von dieser Zeitung!"

Er deutete auf die Zeitung in Jacks Hand.

„Wahrscheinlich will sie nicht, dass wir uns auf eigene Faust auf die Suche nach ihm begeben und hat alle Zeitungen abgefangen."

Jacks Gedanken schweiften wieder zu Hannah. Er hatte es ihr versprochen. Er hatte ihr versprochen, Afternoon zu finden und zu töten.

„Okay, unter einer Bedingung. Wir brechen morgen Abend auf und Becca kommt mit."

Jeremy schmunzelte.

„Klar."

Der Mond stand hoch über dem Camp, und die vom zarten Mondlicht beschienenen Gräser wiegten sich sachte im Wind.

„Ich bin müde, Jacky!" Theo torkelte schläfrig neben Jack her.

„Hast du nicht gesagt, er hat einen Mittagsschlaf gemacht?", richtete Becca die Frage an Jack.

„Das hat Jeremy mir gesagt", protestierte Jack.

„Und mir hat es Theo gesagt!"

Jeremy verschränkte die Arme vor der Brust.

Becca kicherte.

„Auf euch ist echt Verlass!"

„Sagt die Richtige! Während Jack und ich Phelps Büro nach dem Ausgang vom Camp und den Schlüsseln zum Portal durchsucht haben, warst du die ganze Zeit spurlos verschwu..."

„Schhhhh!", unterbrach ihn Becca und duckte sich, so schnell sie konnte, hinter einer Hecke.

„Was?"

Jack, Jeremy und Theo knieten sich zu ihr nach unten.

„Da ist jemand!", zischte sie und schob das Gestrüpp etwas zur Seite, so dass sie hindurchsehen konnte.

„Haha, sehr witzig. Du willst uns nur nicht sagen, was du die ganze Zeit gemacht hast."

Ein Knacken ließ Jeremy abrupt verstummen.

„Hallo? Ist hier jemand?"

Die Stimme, die von der dunklen Gestalt kam, kannte Jack.

„Charlie!", wisperte Becca.

„Shit! Was macht der denn hier?"

Jeremy beugte sich etwas nach vorn, um auch durch die Lücke in der Hecke blicken zu können.

„Ich wette, er hat Aufsicht. Er muss gucken, ob niemand mehr draußen ist."

Charlie drehte den Kopf in ihre Richtung, und Becca ließ blitzschnell die Lücke im Gestrüpp verschwinden. Schritte näherten sich ihnen.

„Wir müssen irgendwas machen!"

Becca klang verzweifelt.

„Ich will ihn da nicht mit reinziehen!"

Jack nahm sich einen Tannenzapfen vom Boden und kroch auf allen vieren so weit wie möglich von den anderen weg. Dann warf er den Zapfen so, dass er weit hinter Charlie im Wald liegen blieb. Wie erhofft, lief Charlie mit schnellen Schritten nach hinten.

„Okay, los!"

Jack, Jeremy, Theo und Becca rannten auf Kommando los und kamen noch im letzten Moment am Portal an.

„Na los, mach schon auf!", drängte Becca Jeremy und warf immer wieder einen hektischen Blick nach hinten.

„Scheiße, beeil dich!"

Charlie war schon fast am Tannenzapfen angekommen, und wenn er ihn sehen und merken würde, dass es nichts von Bedeutung war, würde er sich garantiert wieder umdrehen.

„Ich hab's!"

Mit einem lauten Knarzen öffnete sich die Tür und Becca, Jeremy, Jack und Theo stürmten hindurch. Sie hatten es geschafft, jetzt mussten sie nur noch sicher durchs Labyrinth kommen.

„Okay."

Jack zog schnell die Karte heraus, die sie aus Kimjin Phelps Büro gestohlen hatten.

„Na dann los!"

„Ich glaube langsam, wir haben uns verlaufen, also ich kann mich nicht daran erinnern, dass der Weg so unendlich lang gewesen ist."

Jeremy blieb erschöpft stehen.

„Och, komm schon, Jer. Laut der Karte müssen wir noch zweimal links, dann einmal rechts und dann geradeaus. Dann sind wir da."

Becca zog den sich weigernden Jeremy weiter.

„Hört ihr das?"

Jack war stehen geblieben und horchte. Ein lautes Rauschen erfüllte mit einem Mal die bis vor kurzem noch totenstille Höhle. Es klang nach einem Wasserfall. Sie mussten es geschafft haben! Und tatsächlich tat sich nach einigen Schritten eine riesige Wand aus Wasser vor ihnen auf.

„Krass, ich hatte ihn nicht so gigantisch in Erinnerung", hauchte Jack und lief mit der Taschenlampe in der Hand immer weiter auf den Wasserfall zu.

„Da hinten, ich hab den Ausgang gefunden!"

Jeremy stand bei einem Felsvorsprung, der sich seitlich am Wasserfall entlang schlängelte.

„Da müssen wir hoch?", keuchte Becca, die den schon halb schlafenden Theo auf dem Rücken trug.

„Ich kann ihn dir abnehmen!"

Jack lief zu Becca und verfrachtete Theo auf seinen Rücken.

Seit eineinhalb Jahren schon hatte Jack das Camp nicht verlassen. Doch als sich nun die andere Seite des

Wasserfalls vor ihm lüftete, wäre er am liebsten direkt wieder umgekehrt. Dort waren sie wenigstens sicher.

„Ich habe nachgeschaut, wo überall ein Schiff nach Saiville abfährt."

Becca kramte aus ihrem Rucksack ein Papierzettelchen hervor.

„Im Millwheelway und in der Harproad fährt jeweils eins um 23:30 Uhr, also in einer halben Stunde, ab. In der River Alley 23:55 Uhr. Die River Alley ist auch am nächsten dran, also ich würde sagen, wir gehen da hin."

Das feuchte Gras streifte Jacks nackte Knöchel, als sie sich den von hohen, dunklen Tannen überwucherten Wald nach oben kämpften. Sie hatten bereits die blaue Brücke zur anderen Seite überquert und liefen nun den langen Waldpfad zurück in Richtung Jeacksonwill. Jack konnte sich noch genau an den Tag erinnern, als Soonmary Winterbottem, beziehungsweise Jacob Waadter, wie er eigentlich hieß, ihn diesen Weg entlanggeführt hatte. Er war damals noch etwas verängstigt gewesen, da Bangster und seine Freunde ihn mal wieder in die Kanalisation gesperrt hatten. Jacob hatte ihm da herausgeholfen. Er hatte Jacks Leben verändert, sein Leben gerettet.

„Passt auf, der Steg ist total rutschig!"

Jeremy war bereits auf den vom Mondlicht silberbeschienenen Steg getreten, an dem unzählige Boote festgemacht waren. Vorsichtig setzte Jack einen Fuß darauf und lief zu Becca, die auf dem Steg weiter vorne stehen geblieben war und ein mittelgroßes, schwarz lackiertes Schiff betrachtete.

„Ist es das?", fragte Jack und leuchtete mit seiner Taschenlampe auf das Boot, auf dem mit weißer Farbe in schön geschnörkelter Schrift „Dark Ship" gepinselt stand.

Becca nickte.

„Ja, anscheinend ist Jeacksonwill dafür berühmt, dass die Leute jeden Monat mit dem Dark Ship nach Saiville fahren und dort dann das berühmte Fischerfest feiern."

„Noch nie davon gehört", gab Jack zu und kratzte sich am Hinterkopf.

„Ich auch nicht. Aber eines ist gut an der Sache. Das Boot wird heute Nacht voller Touristen sein. Die werden uns nicht beachten!"

„Leute, ihr glaubt nicht, was ich gerade entdeckt habe!"

Jeremy kam auf sie zu und leuchtete auf das etwas kleinere Boot, das an das Dark Ship angebunden war.

„Da lagern die ihren Wein und ihr Gepäck, wir können uns darin verstecken, es ist genug Platz für uns vier!"

Becca nickte.

„Ja, das ist gut!"

Vorsichtig lief Jack um das Schiff herum auf das kleinere zu. Als er es betrat, begann es zu schaukeln. Jeremy hatte recht. Es hatte zwei Stockwerke, das obere war nur halb überdacht und somit bis auf eine schwarze, tief schlafende Schiffskatze leer. Hier konnten sie sich schlecht verstecken. Eine kleine Holztreppe führte nach unten. Viele Taschen, Koffer, Decken und Kissen lagen verteilt auf der einen Hälfte des unteren Stockwerks. Hier konnte man sich gut verstecken. Und es war sogar gemütlich. Auf der anderen Seite befanden sich drei große Fässer, die aber so nah an die Bootswand gestellt waren, dass sie kaum Platz wegnahmen.

„Die Frage ist dann nur, wie wir unbemerkt hier wieder rauskommen...aber das kriegen wir schon hin", sagte Jeremy und ließ Theo von seinem Rücken in die weichen Kissen fallen.

Drittes Kapitel

Die Schlucht

Von unten konnte Jack die Katze durch das Rauschen der immer stärker werdenden Wellen hindurch schnurren hören. Er saß mit nur noch halb geöffneten Augen neben Theo, Becca und Jeremy, seinen Kopf auf eine prall gefüllte Reisetasche gestützt. Schon seit sieben Stunden kauerte er in dem Boot hinter dem Dark Ship und beobachtete durch die kleine Luke, die zum unteren Teil des Bootes führte, die vielen dunklen Silhouetten, die sich tanzend auf dem Deck bewegten. Sein Herz pochte wie wild gegen seine Brust und wollte nicht zur Ruhe kommen. Er war noch nie mit einem Boot gefahren. Obwohl, wage erinnerte Jack sich daran, bei einem Urlaub mit seinem Vater in einem winzigen Ruderboot gefahren zu sein.

Ein plötzlicher Ruck ließ Jack nach vorn kippen. Er hörte die Katze laut aufschreien und sah, wie eines der Fässer umzukippen drohte. Dann vernahm er Stimmen. Es klang, als würden sie sich streiten. Neugierig rappelte Jack sich auf und krabbelte etwas weiter zu der Luke.

„Du hast gesagt, er kommt nicht!", rief ein Mann mit tiefer, aufgebrachter Stimme gegen den tosenden Wind an, der schon bei der Abfahrt unerwartet aufgetreten war.

„Ej, beruhig dich mal. Er hat mir 1000 Kröten versprochen, wenn ich ihn aufs Schiff schmuggle," entgegnete ihm der andere Mann mit deutlich gelassenerer Stimme.

„Das ist mir egal. Wenn der Captain das erfährt, sind wir tot!"

„Ich weiß, ich weiß, aber er wird es nicht erfahren. Ich hab ihn echt gut versteckt. Und jetzt komm, Chuck, mit einem Glas Wein wird alles ganz anders aussehen."

Kurz realisierte Jack, was der Mann eben gesagt hatte, dann erschrak er.

„Jer, Becca, Theo, wacht auf, sie kommen, sie kommen!"

Jack krabbelte, so schnell er konnte, wieder zu den anderen zurück und begann, sie wach zu schütteln.

„Was'n los?", maulte Jeremy und setzte sich auf.

„Nimm dir irgendwas, womit du dich bedecken kannst", flüsterte Jack hektisch und kramte für Becca und Theo eine Decke hervor.

„Ich krieg Theo nicht wach."

Becca hatte sich die Decke bereits genommen und über sich und Theo gestülpt.

„Jetzt müssen wir nur hoffen, dass Theo nicht schnarcht."

Auch Jeremy und Jack hatten sich eine Decke genommen. Mit angstgeweiteten Augen hörte Jack zu, wie sich ihnen Schritte näherten.

„Wir nehmen aber nicht das zweite Fass. Da ist der Wein nicht so gut", lachte der eine Mann und sprang die letzten Stufen nach unten.

„Haha, bist du witzig. Und jetzt pack gefälligst mit an!", erwiderte Chuck, diesen Namen glaubte Jack verstanden zu haben, genervt.

Jack hielt krampfhaft die Luft an und zwang sich, nicht zu niesen. Gerade wollten sich die beiden wieder nach oben aufmachen, als Jack es vernahm. Ein lautes, wohlgefälliges Schmatzen ließ Chuck und seinen Begleiter auf der ersten Treppenstufe erstarren.

„Was war das?", fragte der, dessen Namen Jack noch nicht gehört hatte.

„Das war bestimmt nur Lissy, sie schmatzt im Schlaf."

Chucks Begleiter knurrte als Antwort zustimmend, und sie widmeten sich wieder dem Hochtragen des Weinfasses.

Bis sie eine zuschlagende Tür vernahmen, blieben die vier unter den schützenden Decken versteckt.

„Mann, war das knapp!", zischte Becca.

Wieder vernahm Jack das Schmatzten.

„Kann diese Lissy nicht einfach von was anderem als Essen träumen?"

Jeremy strich sich mit der Hand sein hellbraunes, zerzaustes Haar wieder glatt und setzte sich dann auf.

„Ähm, das war nicht Lissy, sondern Theo."

Becca streichelte dem schlafenden Theo zärtlich über die Wange.

„Theo?! Na toll."

Jeremy faltete die Decke wieder zusammen, steckte sie in die Tasche zurück und hielt seinen Arm dann so weit nach vorn, dass die schon aufgehende Sonne ihm Licht gab, die Uhrzeit zu erkennen.

„Leute, wir haben's fast geschafft. Noch vier Stunden, dann sind wir da!"

Jack wurde von warmen Strahlen auf seinem Gesicht und dem angenehmen Rauschen des Flusses geweckt. Sein Kopf dröhnte, als er sich aufsetzte. Wie lange hatte er geschlafen, waren sie schon da? Becca und Jeremy lagen noch schlafend neben ihm. Nur Theo war weg!

„Scheiße!", knurrte Jack und lief zur Treppe, um auf das obere Deck zu schauen.

Theo saß da und streichelte die schwarze Katze, die anscheinend Lissy hieß. Aber er war nicht allein. Ein kleiner Junge, ungefähr so alt wie Theo, saß neben ihm, sie schienen zu spielen.

„Nein Kamerad, wir müssen Lissy-Jo hier allein lassen, sonst werden wir noch kentern", rief der kleine Junge, komplett in seine Rolle versunken.

„Nein, glaub mir, sie ist eine Zauberkatze, das hat mir der große König Theo gesagt", rief Theo und richtete seine Hände gegen den Himmel.

„Hey, es ist gemein, wenn der große König Theo heißt. Er soll Jimmy heißen", erwiderte der Kleine wieder.

„Nein! Er soll Theo heißen, mein Dad hat mal gesagt, dass Theodor ein großer König war."

Theo stand empört auf.

„Und mein Dad hat gesagt, dass auch Jim ein großer König war", rief der kleine Junge, von dem Jack annahm, dass er Jim hieß, und stand ebenfalls auf. Jim war ein, zwei Zentimeter größer als Theo.

„Ich hab eh gar keine Lust mehr, mit dir zu spielen, du Blöder", rief Theo nun verärgert und wollte sich gerade umdrehen, als Jim ihn zurückhielt.

„Ich weiß, wir nennen den König einfach Theo-Jim, den Großen!"

Auf Theos Gesicht breitete sich ein Lächeln aus, und die beiden begannen, weiter zu spielen.

Jack ließ seinen Blick schweifen, und da entdeckte er etwas, das ihn erstarren ließ -Land! Sie waren schon kurz vor Saiville! Jack pfiff einmal laut, und Theo drehte sich zu ihm um. Jack bedeutete ihm, ihm zu folgen, und noch bevor auch Jim sich umdrehen konnte, war Jack wieder in der unteren Kajüte verschwunden. Jeremy und Becca hatten schon angefangen, alles zusammenzupacken.

„Und wie kommen wir jetzt hier raus?"

Jeremys Stimme klang gehetzt.

„Wir müssen schwimmen", antwortete Becca, und Jack zuckte bei dem Gedanken an das kalte Wasser zusammen.

„Ja... eigentlich hab ich gerade gar keine Lust, aber mir fällt auch nichts Besseres ein."

Jeremy hievte sich aus dem unteren Teil des Bootes in den oberen. Jim war nicht mehr da, und Theo verabschiedete sich gerade von Lissy. Jeremy zog ihn blitzschnell mit sich.

„Du kannst doch schwimmen, Theo, oder? George hat es dir doch beigebracht?"

Georges Namen nach seinem Tod auszusprechen, fiel Jeremy immer noch schwer. Theo nickte und senkte den Kopf.

„Okay, wenn das Schiff ansetzt, dann springen wir", raunte Jack, und kurz darauf lief das Schiff im Hafen ein und blieb dann stehen.

„Los!", rief Jeremy, und gleichzeitig sprangen sie vom Deck ins eisige Wasser. Jack tauchte kurz unter, um sich an die Kälte zu gewöhnen. Dann schwamm er seinen Freunden zum Ufer nach.

Gut versteckt, hinter einem ins Wasser hängenden Baum, traten sie an Land. Niemand schien sie gesehen zu haben.

„Mann, Leute, wir haben's geschafft! Ihr wisst nicht, wie dankbar ich euch dafür bin", zitterte Jeremy und begann, sein Hemd auszuwringen.

„Jetzt müssen wir nur noch zum Shiver Inn. Aber das wird eine Kleinigkeit."

Der Weg, der sie den Berg hochführte, war steinig und an den Seiten mit saftig grünem, von der Mittagssonne beschienenem Gras bewachsen. Saiville war ein wunderschönes, kleines Dorf. Die etwas schrägstehenden, aber gemütlich dreinblickenden Häuser standen dicht beieinander und in den vielen zierlichen Gärtchen wuchsen abertausende Blumen und duftende Kräuter. Kleine Bäche, deren Wasser so klar war, als hätte man es poliert, zogen sich ihren Weg vorbei an den kleinen Gassen zu den hinter dem Dorf liegenden Bergen.

„Ich dachte immer, solche Dörfer gäbe es nur im Märchen", staunte Jeremy.

„Du hast recht, also, ich könnte Afternoon verstehen, wenn er sich hier verstecken würde."

Jack bog in einen Wald ein. Ein Wegweiser stand am Ende des Wegs. Es waren fünf Schilder daran angebracht, aber nur auf einem stand etwas in roter Farbe geschrieben.

„Shiver Inn", las Becca und zog scharf die Luft ein, als sie sah, wohin das Schild gerichtet war. Eine Schlucht tat sich vor ihnen auf. Sie war unendlich steil. Jack nahm sich einen Stein und warf ihn hinunter. Eine Weile war nichts zu hören, doch dann vernahmen sie einen dumpfen Aufschlag. Die Schlucht war tief, sehr tief.

„Cool, und jetzt?"

Jeremy hatte sich an den Rand des Abhangs gesetzt und starrte in die Tiefe.

„Es ist ja noch gar nicht sicher, ob wir da wirklich runter müssen", meinte Jack, aber Jeremy winkte ihn nur wortlos zu sich.

Und tatsächlich, ein schwaches, gedämpftes Licht war unten zu sehen, und als Jack noch genauer hinsah, konnte er die Umrisse eines Hauses erkennen.

Viertes Kapitel

Ich sah etwas, was ihr nicht saht

„Oh..", brachte er nur trocken hervor und richtete sich dann wieder auf.

„Wir sollten eine Nacht hier oben bleiben und uns überlegen, wie wir da runterkommen".

Becca und Theo hatten sich auf den Waldboden gesetzt, den Kopf an eine große, dunkle Tanne gelehnt. Auch Jeremy und Jack kamen nach einer Weile zu ihnen. Sie hatten es so weit geschafft, und jetzt standen sie vor einem tiefen, schwarzen Abgrund und kamen nicht weiter.

„Es muss einen anderen Weg geben! Das ist doch ein Gasthaus, da müssen auch Gäste hinkommen können! Wir müssen irgendwo einen Hinweis übersehen haben."

Jeremy hatte das mitgenommene Proviant aus dem Rucksack gezogen und verstreute es vor ihnen auf dem Waldboden.

„Wir haben die ganze Schlucht abgesucht, Jer, es gibt keinen anderen Weg. Na ja, bis auf so einen Vorsprung, aber ich glaube nicht, dass der hält. Außerdem ist der Nebel so dicht, dass man nicht sieht, wie es nach dem Vorsprung weitergeht. Ich habe das Gefühl, dass der Nebel immer, immer dichter wird", seufzte Jack und griff sich einen Apfel.

„Vielleicht ist es doch ganz einfach und wir übersehen nur etwas."

Becca ließ ihre Hand über den erdigen Boden gleiten. Ein Vogel zwitscherte mit heiserer Stimme, und kurz darauf raschelte es hinter ihnen im Gebüsch. Eine nachdenkliche und verängstigende Stille hatte sich über Waldlichtung und Schlucht gelegt, und der zarte Nebel, der schon die ganze Zeit über dem Abgrund gelegen hatte, schien sich mit einem Mal zu verstärken.

„Ich will hier weg, Jacky", wisperte Theo und schmiegte sich fest an ihn.

„Was hältst du davon, wenn ich dir eine Geschichte erzähle und du dich hinlegen kan...?"

Ein lautes, die Stille durchbrechendes Knacken ließ Jack abrupt verstummen.

„Ich finde, das ist `ne klasse Idee, oder wir singen irgendwas Cooles?"

Jeremy setzte sich kerzengerade auf, als es abermals knackte.

„Leute, beruhigt euch mal, das ist bestimmt nur irgendein Eichhörnchen oder ein Reh oder so", sagte Becca und verdrehte genervt die Augen.

„Ich glaub nicht, dass die sich so nah an den Abgrund trauen."

Jack legte behutsam einen Arm um den zitterten Theo.

„Jer, hol mal die Decke für Theo raus!"

Wieder und wieder knackte es, und Jack war sich sicher, dass irgendjemand bald hinter ihnen aus dem Gebüsch springen würde. Die vier hatten sich umgedreht und beobachteten angespannt das Gestrüpp hinter ihnen. Wieder ein Knacken, dann wieder, und wieder, und wieder, und wieder! Jetzt war Jack sich sicher, dass es Schritte waren. Das Knacken stoppte mit einem Mal.

„Jetzt springt bestimmt ein Monster aus dem Gebüsch, oder ein Werwolf, oder ein Gespenst!", weinte Theo und umschlang Jack so fest, dass dieser fast keine Luft mehr bekam.

Jacks Herz pochte schmerzhaft gegen seine Brust. Und dann sprang etwas aus dem Gebüsch. Es war eine kleine graue Maus, und doch schraken die vier bei dem Tier so zusammen, dass Jack die Person gar nicht bemerkte, die nach der Maus aus dem Gebüsch getreten war. Eine schwarze Kapuze verdeckte den Kopf, und die Hälfte des Gesichtes der Person und ihre Hände waren tief in den

Taschen ihres pechschwarzen Mantels vergraben. Becca stieß vor Schreck einen spitzen Schrei aus, der gespenstisch von den Bergen widerhallte. Die Gestalt lachte. Sie lachte so laut und herzhaft, dass sie Jack an jemanden erinnerte.

„Charlie?!", rief Becca fassungslos, als die Person schließlich ihre Kapuze abzog und ein roter Lockenkopf zum Vorschein kam.

„Ihr hättet eure Gesichter sehen sollen, als die Maus aus dem Gebüsch sprang!"

Charlie ließ sich laut lachend neben Becca auf den Waldboden fallen. Doch Jack, Jeremy und Becca war jetzt nicht wirklich nach Lachen zumute. Nur Theo lachte und sprang auf Charlies Arm, um ihn zu begrüßen.

„Alter, du glaubst nicht, was du uns für einen Schreck eingejagt hast", keuchte Jeremy, der kreidebleich um die Nase geworden war. Becca richtete sich auf und gab ihrem Bruder eine kräftige Backpfeife. Charlie verstummte.

„Es tut mir ja leid, Leute, aber ihr saht echt zum Schießen aus", gab er nun etwas ernster, aber immer noch breit grinsend zu. Jack hatte sich beruhigt und fand endlich die Sprache wieder.

„Mein Trick hat also doch nicht geklappt. Du bist uns gefolgt, oder?"

Charlie nickte stumm.

„Ich wusste es, ich hatte die ganze Zeit über das Gefühl, uns würde jemand verfolgen."

„Und wie bist du aufs Boot gekommen?", fragte nun Becca.

„Na ja, ich war nicht so schlau wie ihr, mich im Transportboot zu verstecken, deshalb hab' ich mich ins Dark Ship geschmuggelt. Ich hab' gesagt, ich sei Aushilfskellner, und weil der Mann, dem ich das erzählt hab, anscheinend keine Lust aufs Ausweisen und so hatte, hat er mich halt rein gelassen... es war wirklich entspannt, ich musste zwar bedienen, aber die Musik und das Essen waren echt Klasse! Nur haben wir die ganze Nacht durchgefeiert, und das heißt, dass ich todmüde bin. Ich mein, stellt euch das mal vor, ihr fahrt ganze 12 Stunden und wisst nicht mal mehr, wohin und wofür überhaupt! Also, ihr seid mir eine Erklärung schuldig."

Als Charlie geendet hatte, ergriff Jack das Wort.

„Eigentlich sind wir dir gar nichts schuldig, aber gut."

Er kramte aus dem Rucksack den Artikel, den Jeremy ihm einen Abend zuvor gezeigt hatte. Charlie ließ seine Augen schnell über das Papier gleiten und schnappte dann hörbar nach Luft.

„Ihr denkt, dass Afternoon das Gespenst sein könnte?"

„So kann man es natürlich auch formulieren, ja", erwiderte Jeremy skeptisch.

„Und jetzt wisst ihr nicht mehr weiter wegen des Abgrunds, hab' ich recht?", schlussfolgerte Charlie.

Alle vier nickten.

„Tja, aber ich habe etwas gesehen, was ihr nicht gesehen habt!"

Charlie stand auf und lief zum Abgrund der Schlucht. Er drehte sich noch einmal zu den anderen um, zwinkerte ihnen lächelnd zu und sprang. Becca schrie erschrocken auf und rannte zum Abgrund, wo ihr Bruder gerade verschwunden war. Auch Jack, Jeremy und Theo traten zu ihr. Charlie stand in der Nebeldecke, wodurch Jack nicht genau sehen konnte, auf was er stand, doch er stand.

„Da hinten, etwas weiter vor dem Wegweiser war ein Schild, auf dem stand, dass der obere Teil der Treppe vor kurzem kaputt gegangen ist. Ihr könnt am Felsen runterklettern oder einfach springen, traut Euch!", rief Charlie von unten und kurz darauf verschwand auch sein rotes Haar im Nebel.

Er schien die Treppe hinunter zu gehen.

„Ich sagte doch, es gibt noch einen Weg!"

Jeremy sprang Charlie nach. Danach folgte Theo und dann Becca und Jack.

„Und wie konntest du wissen, dass genau hier der Vorsprung ist? Ich meine, der hätte überall sein können, und dann wärest du jetzt tot", rief Becca, während sie ihren ersten Fuß auf die steinige Treppe setzte.

„Da ist `ne Markierung im Boden."

Auch Jack betrat nun die lange Treppe. Sie war breiter und feiner, als er erwartet hatte. An den Seiten war eine Beleuchtung angebracht, die ihnen den Weg nach unten erhellte, und das Geländer war blank geputzt und glitzerte golden im sanften Licht. Jack befand sich nun unterhalb des Nebels. Er hatte plötzlich klare Sicht, und ihm stockte der Atem: Es war nicht irgendein Gasthaus, nein, es war das feinste und luxuriöseste Gasthaus, das Jack jemals gesehen hatte.

„Ein Schloss!", rief Theo entzückt, als sie unten angelangt waren. Und das war es in der Tat! Um das feine Gebäude herum erstreckte sich ein wunderschön gepflegter Park, an den wiederum ein Wald grenzte. Die Bäume waren kunstvoll geschnitten, und der Duft von frischen Rosen, Veilchen und Tulpen vermischte sich zu einem betörenden Geruch.

„Wow!", riefen Jeremy und Charlie wie aus einem Mund.

„Und ihr glaubt echt, das ist das Shiver Inn?", fragte Charlie, doch Jack deutete nur wortlos auf das Gebäude, auf das in goldener Schrift „Shiver Inn" geschrieben stand.

„Oh, schaut mal, da hinten steht jemand, den können wir fragen, wo genau wir hin müssen, um einzuchecken", sagte Becca und lief den mit hellen Kieselsteinen bestreuten Weg entlang zum Eingang des Shiver Inn.

Ein gutaussehender Junge mit hellblondem, hochgegeltem Haar und grünen Augen, vielleicht ein Jahr älter als Jack, stand an der großen, mit Mustern verzierten Tür.

„Guten Tag, ich und die vier da machen hier in Saiville Urlaub und wollten fragen, ob noch Plätze zum Übernachten frei sind."

Der Junge beobachtete abschätzig Beccas noch immer nasse und vom Wandern schmutzbedeckte Kleidung und ihr tropfnasses, langes, rotblondes Haar. Er rümpfte angeekelt die Nase und sprach dann mit einer Stimme, die klang, als hätte er soeben Schneckenschleim geschluckt,

„...übernachten, ja?"

Becca nickte zögerlich.

„Was fällt euch eigentlich ein! Kinder! Was erlaubt ihr euch, zum feinsten Hotel Saivilles zu gehen! Ihr habt kein Geld, und für euch wären selbst die Gassen dieses Landes zu sauber", fuhr er die fünf überheblich an und schickte sich an, im Haus zu verschwinden.

„Wie bitte?"

Becca klang drohend, so drohend, dass Jack sich nicht gewundert hätte, wenn sie gleich eine Pistole aus der Tasche gezogen hätte. Jack drängelte sich vor zu Becca.

„Hey, vielleicht ist es dir entgangen, aber es gibt eine tolle neue Erfindung, die nennt sich Dusche", schnauzte er den Jungen an.

„Ich kann es einfach nicht glauben, dass ihr euch hier hertrau..."

„Alex, bitte, sei nicht so gemein! Diese Kinder kommen sicher von weit her und brauchen dringend eine Unterkunft."

Ein großer, etwas rundlicher Mann mit hellem Haar und himmelblauen Augen war zu dem Jungen getreten und legte beruhigend einen Arm um ihn.

„Aber ich muss euch enttäuschen. Ihr seht nicht sonderlich wohlhabend aus, und wir haben keinen Platz für Kinder, die mein Hotel beschmutzen. Ich habe mir schon genug Ärger eingehandelt", sagte er und in seinem Blick lag wahres Mitleid.

„Man sollte die Menschen nicht nach ihrem Aussehen beurteilen", antwortete Becca trotzig und kramte etwas aus ihrer Tasche.

Jack riss erstaunt die Augen auf, als er sah, was es war. Eine vergoldete Schachfigur lag in Beccas schmutziger Hand.

„Nein, das ist ja unglaublich! Hast du noch mehr?"

Becca zog ohne zu zögern fünf weitere Figuren aus ihrem Rucksack.

„Der Schatz von Jeacksonwill! Kommt ihr von dort?", flüsterte der Mann und strich vorsichtig über eine der Figuren.

„Allerdings", beteuerte Jeremy und legte grinsend eine Hand auf Beccas Schulter.

„Das ist unglaublich!"

Der Mann schüttelte immer wieder den Kopf.

„Dad, bleib bei der Sache. Wie viel davon müssen sie zahlen, um eingelassen zu werden?"

Alex sah seinen Vater streng an.

„Ähm, also eigentlich eine halbe Schachfigur, wenn nicht weniger."

Der Mann räusperte sich.

„Nehmen Sie den ganzen Bauern und kaufen sie uns für den Rest neue Kleidung. Und wir bekommen täglich was zu essen."

Becca drückte dem verdutzten Mann eine der Schachfiguren in die Hand und ließ die anderen wieder in ihrem Rucksack verschwinden.

„Okay, dann herzlich Willkommen im Shiver Inn. Mein Name ist Oscar Davies, wenn ihr Fragen habt, wendet euch an mich. Alex wird euch die Zimmer zeigen."

Alex machte eine Handbewegung, dass sie ihm folgen sollten, und zusammen mit Becca, Charlie, Jeremy und Theo betrat Jack das Shiver Inn.

Fünftes Kapitel

Das Geheimnis des Shiver Inn

Ein langer, mit schwarzem Teppich ausgelegter, breiter Gang lag hinter der Tür. An der rechten Seite befanden sich unzählige Tische, über denen monströse und golden glänzende Kronleuchter um die Wette strahlten. Überall waren Pflanzen und Dekorationen aufgestellt, die prächtigsten Bilder und Kunstwerke aufgehängt, und es duftete nach einem unvergesslichen Sommerabend. Es war herrlich und trotz der Größe des Hotels sehr gemütlich.

„Das ist wunderschön", flüsterte Becca, während Alex sie zu einem aus Marmor gemeißelten Tresen führte.

„Erst einmal muss ich eure Namen wissen."

Alex zog ein in rotes Leder gebundenes Buch aus einer der Schubladen unter dem Tresen und klappte es erwartungsvoll auf. Jack wechselte einen verstohlenen Blick mit seinen Freunden. Sie konnten auf keinen Fall ihre richtigen Namen verraten.

„Jason, Jason Wilson", sagte Jack und zeigte dann auf Theo.

„Und das ist mein Bruder Henry."

„Ähm, Rachel Adams", sagte Becca, und Alex notierte fleißig mit.

„Ja, also ich bin Sebastian...Brown", sagte Jeremy hastig und räusperte sich.

Alex sah ihn prüfend an, bevor seine Augen zu Charlie wanderten.

„Oliver Adams mein Name", sagte dieser ohne ein Zucken.

„Gut", sagte Alex, nachdem er das Buch wieder zurück an seinen Platz gelegt hatte. „Hier sind die Schüssel für eure Zimmer. Ich nehme an, ihr braucht nur drei?"

„Ja, drei sind total okay," sagte Charlie schnell und nahm die Schlüssel, die Alex ihnen entgegenstreckte.

„Frühstück gibt es zwischen 8:00 und 10.00 Uhr, Mittagessen von 1:00 bis 2:00 Uhr und Abendessen von 19:00 bis 21:00 Uhr. Euer Tisch ist Tisch 12. Das Schwimmbecken und die Sauna sind von 10:00 Uhr bis 19:00 Uhr geöffnet."

Alex sah jeden von ihnen streng an.

„Die Scheune wird nicht betreten, und solltet ihr etwas unbemerkt mitgehen lassen, so müssen wir unverzüglich die Polizei informieren, und es kann zu hohen Bestrafungen kommen."

„Ja, ja, schon klar. Willst du noch weiterreden oder können wir jetzt in unsere Zimmer, ich bin nämlich tot müde."

Jeremy gähnte und Alex nickte schnell.

„Natürlich. Wir sehen uns ja dann beim Abendessen. In einer Stunde!", rief er ihnen noch hinterher, dann verschwanden die fünf auf der feinen, mit schwarzem Teppich belegten Treppe.

Das Zimmer, in das Jack und Theo ziehen sollten, war riesig, und es hätten zehn Leute unbeschwert darin Platz gefunden. Ein Doppelbett und ein etwas kleineres Einzelbett befanden sich jeweils an einer Zimmerseite. In der Nähe des Fensters standen ein Sofa und zwei hellblaue Sessel um einen Tisch, auf der eine mit blauen Blümchen verzierte Tischdecke lag.

Theo rannte zum großen Doppelbett und schmiss sich mit Karacho in die weichen, großen Daunenkissen. Jack ließ den schweren Rucksack von seinem Rücken auf den weichen Teppichboden fallen.

Kurz darauf klopfte es an ihrer Tür und Becca, Charlie und Jeremy traten ein.

„So, Becca, und jetzt redest du bitte mal Klartext, woher hattest du diese Schachfiguren?"

Jack setzte sich neben Becca auf das Sofa.

„Wisst ihr noch, an dem Tag, an dem wir losgegangen sind, hast du, Jeremy, mich gefragt, was ich den ganzen Tag gemacht habe. Wir haben dann Charlie gesehen, deswegen konnte ich es euch nicht sagen. Also, ich wusste, dass wir Geld brauchen würden. Und ich hatte vor ein paar Wochen mitbekommen, dass man sich für so eine Sache anmelden konnte. Man konnte da freiwillig nach so Sachen suchen, die vielleicht nicht verbrannt waren."

Jack sah sie fragend an.

„Na, die in der Asche lagen und jetzt irgendwo unter der Erde waren. Nach solchen Sachen konnte man da graben", erklärte sie und fuhr dann fort.

„Wenn man was gefunden hatte, dann musste man es in eine `Fundkiste´ legen. Ich habe mich zu dieser Kiste geschlichen und eine unversehrte, eigentlich nur vom Ruß geschwärzte Schatulle gefunden. Darin waren die Schachfiguren. Die Schatulle war von Soonmary... äh ich meine Jacob Waadter."

Mit diesen Worten zog Becca die Schatulle aus ihrem Rucksack. In goldener, schön verschnörkelter Schrift war „Jacob Waadter - für den wertvollsten und klügsten Menschen, dem ich je begegnet bin" in den Deckel eingraviert.

Jack strich sanft über die Schrift.

„Und du hast diese Schatulle einfach so mitgenommen? Geklaut?", meldete sich nun Charlie und sah Becca streng an.

„Könnte theoretisch sein...", gab sie zu und strich sich eine ihrer hellroten Haarsträhnen aus dem Gesicht.

Charlie schüttelte ungläubig den Kopf.

„Das ist zwar unmöglich, was du da gemacht hast, aber gut, es hat uns ins Hotel gebrach..."

Ein Klopfen an der Tür ließ Charlie verstummen. Jack öffnete die Tür. Oscar stand davor, mit einem Stapel voll Klamotten in der Hand.

„Ich wollte nicht stören", sagte er schnell, als er Becca, Charlie, Jeremy und Theo sah. „Oh, nein, nein, ist schon okay".

Jack nahm ihm den Stapel aus der Hand und verabschiedete sich.

Oscar schloss die Tür und Jack lief zurück zur Sofaecke.

Jacks Haare waren noch nass, aber zum ersten Mal seit langem hatte er sich nicht mehr so sauber und fein herausgeputzt gefühlt. Sein schwarzes Haar war nach oben gegelt, und er steckte in einem piekfeinen, schwarzen Anzug und trug die dazu passenden Lackschuhe und eine rote Krawatte.

Sie hatten sich eine Lüge überlegt. Jason und Henry stammten aus einer reichen Familie, Rachel war ihre Cousine und Sebastian und Oliver ihre Cousins. Vor kurzem waren Rachel, Sebastian und Oliver mit ihren Eltern zu Jason und Henry gezogen, doch dann wurde dort eingebrochen und der Vater von Jason und Henry erschossen. Weil die Eltern der anderen drei Angst gehabt hatten, die Einbrecher würden erneut auftauchen, hatten sie die fünf Kinder auf das Dark Ship gebracht, in der Hoffnung, ein Freund könnte die fünf bei sich aufnehmen. Doch als sie in Saiville angekommen waren, war der Freund nicht da. Von Leuten in der Stadt hatten sie dann den Hinweis bekommen, zum Shiver Inn zu gehen und dort nach Unterkunft zu fragen.

Jack schloss kurz die Augen und atmete tief durch. Dann trat er nach draußen. Auf dem Flur warteten sie alle schon. Jeremy trug einen grau-schwarzen Anzug. Seine Haare waren brav nach oben gekämmt, und er fühlte sich sichtlich unwohl. Charlie trug einen hellblauen Anzug, der seine meerblauen Augen wunderbar zur Geltung brachte. Auch Theo war in einen kleinen, schwarzen Anzug gesteckt worden. Seine wilden, schwarzen Locken waren hochgegelt, und Jack hätte ihn fast nicht wiedererkannt.

Becca sah umwerfend aus. Ein dunkelblaues, fast schwarz glitzerndes, enganliegendes Abendkleid umschmeichelte ihren Körper. Ihre langen, roten und leicht welligen Haare fielen glänzend über ihre nackten Schultern herab. Eine goldene Kette schmiegte sich um ihren Hals.

Eine ungewohnte Spannung lag in der Luft. Sie durften sich auf keinen Fall verplappern, und das war schwieriger als erwartet. In der letzten halben Stunde hatte Jack jeden Teil der Lüge noch einmal gut durchdacht und alles bis ins kleinste Detail auswendig gelernt. Was, wenn er etwas vergessen hatte, was, wenn es an einer Stelle keinen Sinn machte?

Becca hakte sich bei ihm ein, und zusammen schritten sie die Treppe nach unten, wo Alex sie bereits erwartete. Sie liefen den langen Gang entlang bis zu den vielen Tischen. An einem runden Tisch mit sieben Stühlen blieb Alex stehen und wies sie an, sich zu setzen.

„Das Essen kommt gleich."

Alex ließ seinen stechenden Blick auf Jack ruhen, der diesem mit pochendem Herzen standhielt. Wusste Alex irgendwas?

„Habt ihr schon die Zeitung gelesen?", fragte Alex und Jacks Herz schlug noch schneller.

„Nein, was steht denn drin?", fragte Becca und Jack hörte nur allzu gut das leichte Zittern in ihrer Stimme.

„Nichts Besonderes. Anscheinend gab es einen Raubüberfall, dann ist so `ne Brücke eingestürzt... ach ja, und dann werden noch fünf Kinder vermisst."

In Jack krampfte sich alles zusammen.

„Oh, ja, das ist ja in den letzten Monaten öfter mal passiert. Aber mein verstorbener Vater...", Jack stockte und tat so, als könne er vor Trauer nicht weitersprechen. Ihm fiel es nicht schwer, Alex anzulügen. Schließlich war sein Vater tatsächlich gestorben. Becca legte ihm tröstend eine Hand auf die Schulter, und Jack räusperte sich.

„Vater hat immer die Geschichte erzählt, dass die Kinder in ein Camp kommen, um ihre Angst zu überwinden. Aber das ist nur eine Geschichte."

Jack sah, wie Alex bei seinen Worten kurz und fast unmerklich zusammenzuckte.

„Hey Schafskopf, ich will ja nicht drängen, aber sagtest du nicht, das Essen würde bald kommen?"

Alex sah Jeremy mit einem vernichtenden Blick an, dann machte er auf dem Absatz kehrt und verschwand mit schnellen Schritten hinter einem Vorhang.

„Theo, denk daran, du darfst nichts sagen. Wir spielen, wer zuerst Jack, Jeremy, Becca, Charlie oder Theo sagt, der hat verloren. Aber wer immer schön brav Jason, Sebastian, Rachel, Henry und Oliver sagt, der ist ein Ritter und darf sich von allen was wünschen, was die für einen machen, ja?", raunte Becca.

„Ja, Rachel, hab's schon kapiert."

Theo zwinkerte Becca kichernd zu und zupfte an seinem Anzug.

„Ich mag das Spiel, ich fühl mich wie König Theodor."

„Nein, du fühlst dich wie König Henry", flüsterte Jack noch schnell, bevor Oscar und Alex mit drei Tabletts zurückkamen.

„Einmal die Pfannkuchen mit Zimt und Zucker."

Oscar stellte den dampfenden Teller vor Theo ab, der sich hungrig mit der Zunge über die Lippen strich. Nachdem jedes Kind einen Teller vor sich stehen hatte, ergriff Alex das Wort.

„Wenn ihr wollt, spielen wir jetzt alle zusammen ein Spiel. Wir dürfen euch Fragen stellen und ihr uns."

Jack nickte und Alex und Oscar setzten sich schnell zu ihnen.

„Ich fange an. Kann es sein, dass wir die einzigen in diesem riesigen Hotel sind? Und wieso?"

Jeremy beugte sich auffordernd über den Tisch.

„Ja, ihr seid die einzigen. Und du hast zwei Fragen gestellt, man darf aber bloß eine Frage in jeder Runde stellen."

Alex verschränkte die Arme vor der Brust, und Jeremy ließ sich augenrollend wieder in seinen Sitz fallen.

„Wie heißen eure Eltern?"

Oscar hatte einen Notizblock hervorgeholt und sah Theo und Jack fragend an.

„Marrien und Thomas Wilson", platzte es leicht stockend aus Jack heraus.

„So, wieso sind wir die einzigen?"

Becca sah Oscar durchdringend an, und schließlich seufzte er.

„Vor ein paar Monaten begann es in der Scheune zu spuken. Na ja, das sagen jedenfalls die Einwohner Saivilles. Zuerst sagten sie, es sei ein Gespenst. Das Gespenst vom Dark River. Dann wurden die Vermutungen immer absurder. Ein Werwolf, ein Vampir, ein Obdachloser, ein Verrückter, ein Mörder... und schließlich hieß es William Afternoon. Und da waren sich alle sicher. Niemand traute sich mehr hierher, wegen eines verdammten Gerüchts, das überhaupt nicht wahr ist!"

Oscar schlug wütend mit der flachen Hand auf den Tisch.

„Sie zerbrachen die Treppe zu meinem Hotel, so dass kein Tourist mehr hierher konnte. Na ja, wir brauchten Geld, deswegen blieb uns nichts anderes übrig, als ein Schild aufzustellen mit dem Hinweis, dass man den oberen Teil bis zur Treppe über den Felsenvorsprung zurücklegen muss und so weiter. Aber die Bewohner Saivilles schmissen es achtlos in den Wald. Seit zwei Monaten war hier niemand mehr. Ich durchsuchte meine Scheune, doch da war nichts. Ich machte Fotos und zeigte sie der Stadt, doch sie wollten mir nicht glauben. Wir sind fast pleite und..."

„Dad, das reicht jetzt, sie haben genug gehört!", fuhr Alex seinen Vater erbost an. Oscar nickte nur stumm.

„Woher habt ihr den Schatz?"

Alex war klug, klüger als Jack erwartet hatte.

„Unsere Eltern sind Unternehmer. Die suchen nach Sachen in der Erde. Nach alten Schätzen. Sie haben uns auf dem Weg hierher die Figuren mitgegeben", sagte Charlie und klang dabei so glaubwürdig, dass sogar Jack es ihm fast abgekauft hätte.

„Ich bin müde Ja...Jason, wann gehen wir ins Bett?"

Theo sah Jack müde an, und diesem war es nur recht, hier jetzt so schnell wie möglich zu verschwinden. Sie hatten genug gehört.

„Ja, wir sollten hochgehen."

Becca nahm Theos Hand und wollte gerade aufstehen, als Jack noch eine Frage stellte. „Was wisst ihr über William Afternoon?"

„Gott, nein! Jetzt kommt bitte nicht mit dieser Frage! Aber schön. Ich weiß eigentlich nur so viel, wie auch in den Zeitungen über ihn steht. Blaue Augen, blondes Haar, groß, er hat viele Menschen umgebracht und wurde das letzte Mal vor einem Jahr und zehn Monaten in Jeacksonwill gesichtet."

Oscar erhob sich.

„Und jetzt müsst ihr mich entschuldigen, ich habe noch einiges zu tun!"

„Okay, wann brechen wir auf?"

Charlie, Jeremy und Becca sahen Jack fragend an.

„Wohin sollen wir denn aufbrechen?", erkundigte Charlie sich. „Ich dachte, wir wären gerade erst angekommen."

„Na, in die Scheune, wann wollen wir los?"

Jack sah, wie sich Beccas Augen vor Schreck weiteten.

„Du willst heute Nacht in diese Scheune?", rief sie fassungslos.

„Spinnst du?", meldete sich nun auch Jeremy zu Wort. „Die Anzeichen, dass Afternoon da drin ist, sind hoch, und wenn wir da dann einfach so reinplatzen, dann könnte er uns sofort abknallen!"

„Sagt der, der sich alleine auf die Suche nach Afternoon machen wollte. Mit drei Tüten Chips, zwei Äpfeln und einer Flasche Wasser", stieß Jack sichtlich gereizt hervor.

„Das ist was anderes", grummelte Jeremy peinlich berührt.

Jack sah ihn skeptisch an.

„Du willst dich auf eine Selbstmord-Mission begeben!",
rief Jeremy und fuchtelte dabei wild mit den Armen.

„Und du wolltest das nicht?"

Jeremy grummelte etwas Unverständliches und lehnte
sich in seinem Sessel zurück. „Jack, wir müssen erstmal
einen Plan ausmachen, bevor wir zu Afternoon gehen."

Becca sah ihn streng an.

„Was wir jetzt erstmal machen müssen, ist schlafen",
gähnte Charlie.

„Wie könnt ihr jetzt an Schlafen denken? Ich meine,
diese Scheune oder was auch immer das ist, hat doch
hundertpro Fenster, und dadurch könnte Afternoon uns
längst gesehen haben. Ich meine, er kennt uns nur zu gut
und hey, bestimmt ist er morgen schon über alle Berge."

Jack schlug mit der Faust so hart auf den Tisch, dass
die Blümchendecke hochhüpfte.

„Versprich mir, dass du da heute Nacht nicht hin-
gehst!"

Becca ergriff Jacks Hemdkragen.

„Jack?!", sagte sie drohend, als dieser nicht antwortete.

„Okay, schön", sagte Jack, löste sich genervt aus Beccas
festem Griff und ließ seine Freunde in Charlies und
Beccas Zimmer ratlos stehen.

Sie hatten alle Angst! Aber sie waren hier zum Shiver Inn
gekommen, um Afternoon zu finden, ihn unschädlich zu
machen und der Polizei zu übergeben oder am besten
gleich umzubringen. Und nicht, um nur festzustellen,
dass er da war und ihn dann entkommen zu lassen!

Jack war jetzt 16 Jahre alt. Würde er wirklich in der
Lage sein, diesen verhassten Afternoon umzubringen?
Aufgewühlt warf er sich auf sein Bett und öffnete sein
Hemd. Ihm war unfassbar heiß geworden, als er sich

diese eine verfluchte Frage gestellt hatte. War er bereit, einen Menschen zu töten? Hastig wischte er sich über die schweißnasse Stirn. Er war aufgeregt, aber er würde heute Nacht in diese Scheune gehen. Bloß, um Afternoon mal richtig die Meinung sagen zu können. Vielleicht würde es ihm dann besser gehen. Auch, wenn es unüberlegt, dumm und leichtsinnig war. Ja, es war sicher dumm und leichtsinnig. Afternoon hatte es selbst gesagt. Er hatte gesagt, Jack sei dumm und leichtgläubig und das seien die schlimmsten Charaktereigenschaften, die ein Mensch haben könne. Aber er würde es ihm zeigen. Er würde einmal genau so brutal sein wie Afternoon es war. Voller Wut verließ Jack mit zielsicheren Schritten sein Zimmer.

Sechstes Kapitel

Der Wut hilflos ausgeliefert

Der silberne Mondschein tauchte den unteren Bereich des Shiver Inn in ein magisches und zugleich unheimliches Licht. Ein zarter und erfrischender Luftzug trieb aus einem halb geöffneten Fenster zu Jack in das Speisezimmer hinein und wehte ihm eine Haarsträhne ins Gesicht. Vorsichtig trat er nach vorn und sah hinaus. Wie gelangte man am besten schnell und ohne gesehen zu werden zur Scheune? Aber war das Gebäude gegenüber dem Shiver Inn wirklich eine Scheune und nicht doch eher ein Haus?

Plötzlich horchte Jack auf. Es waren Stimmen unter dem halb geöffneten Fenster zu hören. Und diese gehörten, da war Jack sich sicher, Oscar und seinem arroganten Sohn Alex.

„Nein, ich will nichts mehr hören. Du sagst mir jetzt, was du damit wolltest, sofort!"

Oscar schrie seinen Sohn beinahe an.

„Ich, ich also...Dad, ich hab' das doch nur wegen uns gemacht, wirklich! Ich, ich wollte ja gar nicht wirklich, äh, also ich wollte, also..."

Oscar packte Alex grob am Arm, zerrte ihm etwas aus der Hand und schmiss es weit weg. Dann zog er ihn mit sich. Im nächsten Moment öffnete sich die Tür und Jack schaffte es gerade noch, sich unter einem ihm nahestehenden Tisch zu verstecken, bevor die beiden stürmisch das Hotel betraten und hinter einer Tür verschwanden.

Jack wartete noch ein paar Sekunden, dann erhob er sich mit pochendem Herzen und trat aus der Tür ins Freie. Mit der Taschenlampe in der Hand schlich er zu der Stelle, wo er den von Oscar weggeworfenen Gegenstand vermutete. Und tatsächlich, im taufrischen Gras lag etwas Schwarzes. Jack hob es vorsichtig auf und erschrak, als er sah, was er in der Hand hielt - es war eine Pistole. Mit zitternden Fingern strich er über die Initialen, die in die Pistole eingraviert waren.

„M.A.", las Jack.

Dann konnte sie Oscar oder Alex auf keinen Fall gehören. Wahrscheinlich hatte Alex die Pistole gestohlen. Jack öffnete sie vorsichtig. Sie war geladen. Entschlossen und die Pistole fest umklammernd, stapfte Jack quer Feld ein zur Scheune. Es war totenstill, nur ab und zu krächzte ein Rabe oder raschelte es im Gestrüpp. Mit verunsicherten Schritten lief er die letzten Meter auf die alte Holztür zu. Gerade, als er eine Hand auf die Klinke legen wollte, zerriss ein Schrei die Stille! Jack erschrak und zog die Hand schnell wieder zurück.

„Is' ja wie in `nem Horrorfilm.."

Jack versuchte, sich Mut zu machen, aber sein gepresstes Kichern erstickte. Er schloss kurz die Augen und zwang seine Hände, das stetige Zittern zu unterlassen. Dann legte er abermals seine Hand auf die Türklinke und trat ein.

Der Raum war mit Kisten, Tischen, Taschen und Stühlen vollgestellt, kaum eine freie Stelle war zu sehen. Eine kleine, schmale Treppe führte nach oben. Bei jedem Schritt, den er tat, knarzte das alte Holz unter seinem Gewicht, und Jack erschrak jedes Mal aufs Neue. Er war noch nicht bereit, Afternoon gegenüber zu stehen. Ein Jahr war zu wenig Abstand! Plötzlich fiel eine der Kisten mit einem lauten Scheppern zu Boden, und vor Schreck fiel Jack die drei Treppenstufen, die er bereits hochgelaufen war, wieder herunter. Blitzschnell rappelte er sich auf und stellte sich trotz seines schmerzenden Beines kerzengerade hin, die Pistole fest in beiden Händen.

Und dann fiel ein Schuss.

Jack wusste zuerst nicht, ob er nicht vielleicht selbst den Knall verursacht hatte. Aber als er den stechenden Schmerz spürte, der sich rasend schnell in ihm ausbreitete und ihn zu Boden sinken ließ, wusste er es. Er war nicht allein. Noch ein Schuss fiel und noch einer und noch einer! Doch keiner der weiteren traf ihn. Krampfhaft presste Jack seine Hände auf die blutende Wunde, er musste hier raus, und zwar so schnell wie möglich. Stöhnend und im Stockfinstern versuchend, den knallenden Schüssen zu entkommen, kroch er auf allen Vieren zur Tür. Am Türrahmen schaffte er es, sich so weit hochzuziehen, dass er halb aufrecht stand. Die Schüsse waren verstummt. Es war totenstill, und Jack hörte bloß seinen eigenen stockenden Atem. Er schloss kurz die Augen, und als er sie öffnete, drückte er ab. Er schoss auf die Silhouette, die sich soeben hinter einer Kiste erhoben hatte. Der Schuss verfehlte sein Ziel, aber Jack gab nicht auf. Er schoss noch einmal, und da hörte er es, jemand schrie vor Schmerz auf, und die Silhouette fiel zu Boden. Jack spürte kurz kalten Schweiß auf der Stirn, und ehe er sich versah, war er, so schnell es mit der blutenden Wunde an seinem Bein eben ging, aus dem Schuppen gestürmt. Ohne dass er es wollte, wurden seine Schritte plötzlich schleppender, und er fühlte, wie sein Bein taub wurde. Jack packte es mit beiden Händen und versuchte, es von der Stelle zu bewegen, doch vergeblich. Sein Bein gab nach, und er sank einige Meter vor der rettenden Tür des Shiver Inn ins feuchte Gras. Blitzschnell zerrte er sich sein Hemd über den Kopf und drückte es, die Zähne fest aufeinandergepresst, auf die klaffende Wunde.

„Scheiße, Scheiße, Scheiße!", fluchte Jack, als er merkte, wie der stechende Schmerz schlimmer und schlimmer wurde. Genauso musste George sich gefühlt haben. Bei dem Gedanken an seinen Freund brach ein die erdrückende Stille durchbrechendes Schluchzen aus ihm heraus. Und gleich darauf begann er zu lachen. Er lachte und weinte zugleich. Über sich. Wie konnte er nur so bescheuert sein, in ein Gebäude zu gehen, in dem ein Mörder sich versteckt hielt! Nur mit seiner Taschenlampe und einer gefundenen Pistole war er in die Scheune eingebrochen, allein, ohne Hinterhalt und ohne einen Plan, wie er Afternoon überwältigen könnte. Wenn es überhaupt Afternoon war! Aus Wut und Angst war er besessen davon gewesen, ihn zu finden, aber es war eine gefährliche Wut, die er auf Afternoon hatte. Sie war so gefährlich, dass sie es schaffte, Jack dazu zu bringen, nicht mehr zu denken. Ihn dazu zu bringen, unüberlegt zu handeln und ihn sicher in den Tod zu führen. Plötzlich wurde ihm schwarz vor Augen, und mit einem letzten schwachen Seufzer brach er zusammen.

Er war in einem dunklen Gang, seine nackten Füße waren aufgeschlagen, und mit jedem Schritt, den er auf dem glatten Marmorboden tat, hinterließ er einen Blutfleck. Von draußen konnte er den grollenden Donner, das Kreischen des Blitzes und das Weinen des Regens vernehmen. Er wusste nicht mehr, wie er hierhergekommen war, bloß eines wusste er noch: Er war hier, um seine Mutter zu finden. Mehr als einen Namen und ein Gefühl, dass sie hier sein konnte, hatte er nicht. Laynia Evans, das war ihr Name. Der Gang war trostlos, leer und dunkel. Kein Bild hing an den smaragdgrün schimmernden Wänden. Der Gang schien nicht mehr enden zu wollen, und er spürte, wie seine Beine langsam nachgaben. Wie lange war er schon gelaufen? Er hatte jegliches Zeitgefühl verloren. Wieso war er sich so sicher, dass er hier auf seine

Mutter treffen würde, wohnte sie hier? Er hatte Angst, ihr, sollte er sie finden, nach so vielen Jahren gegenüber zu treten. Würde sie ihn erkennen? Wahrscheinlich nicht, hatte sie ihn doch zuletzt als ganz kleines Baby gesehen. Sein Vater hatte ihm Bilder von ihr gezeigt, weshalb er keinerlei Zweifel hatte, sie nicht zu erkennen. Schon seit zwei Jahren lief er allein durch die Welt. An seine Freunde konnte er sich nicht mehr erinnern. Nur noch daran, dass sie ihn aufgrund von etwas, das er getan hatte, verlassen hatten. Dann war eine seltsame Person aufgetaucht und hatte ihn von einer Klippe gestoßen. Er hatte irgendwie, warum auch immer, überlebt und konnte sich seitdem an nichts mehr erinnern.

Die ganze Zeit über hatte er auf den Boden gesehen, und als sich plötzlich ein heller Lichtstrahl auf dem dunklen Marmor abzeichnete, blickte er auf. Eine leicht geöffnete Tür lag vor ihm. Er konnte nichts dahinter erkennen, bloß Licht. Der gesamte Raum war so hell, dass er seine eigene Hand vor den Augen nicht mehr erkennen konnte. Trotzdem trat er ein.

Ein Mann mit blondem Haar und hellblauen Augen stand da. Er trug einen gelben Hut, auf dem eine Butterblume auf und ab wippte, als er ihm zuwinkte.

„Jacob, sind Sie das?"

Er lief auf die von hellen Strahlen umgebene Person zu.

„Ja, mein Junge, ich bin`s. Schön, dich wieder zu sehen!"

Er lief weiter. Er wusste, dass Jacob tot war, er konnte nicht in diesem Raum sein!

Plötzlich lief ihm ein Junge mit dunkelbraunem Haar und grünlich-braunen Augen über den Weg.

George!

„Mann, bin ich froh, dich zu sehen! Wie geht es Jeremy, Becca, Charlie und Theo?"

Er versuchte, George nicht zu beachten.

„Du bist tot. Und wer sind Jeremy, Becca, Charlie und Theo?"

George sah ihn mitleidig an.

„Deine Freunde."

„Ich habe keine Freunde", sagte er bestimmt und lief weiter.

Ein Mann stand urplötzlich vor ihm, er hatte schwarzes Haar und karamellbraune, wache Augen.

„Dad?"

Er lief auf seinen Vater zu und umarmte ihn.

„Ich versuche, Mum zu finden, schon seit du fort bist, und dann bin ich aber in dieses Camp gekommen, in das, von dem du mir immer erzählt hast, und jetzt weiß ich nicht mehr, was danach passiert ist. Ich weiß nur noch, dass ich irgendetwas Schlimmes gemacht habe! Und jetzt bin ich ganz allein und versuche, Mum wiederzufinden."

Sein Vater sah ihm tief in die Augen.

„Versuche, dich wieder zu erinnern, deine Mutter hat dich im Stich gelassen, aber deine Freunde haben dich nicht im Stich gelassen. Du wolltest allein sein! Und du brauchst deine Freunde. Mehr als du denkst, denn sie sind deine Familie! Du musst dich einfach erinnern!"

Er spürte, wie ihm eine Träne über die Wange lief.

„Und was, wenn ich es nicht schaffe?"

Sein Vater wischte ihm die Träne fort und schob ihn weiter.

„Das musst du allein entscheiden."

Zwei weit geöffnete Türen taten sich vor ihm auf. Eine war mit Licht gefüllt und die andere mit Schwärze, Dunkelheit. Auf einmal traten vier Personen aus der hellen

Tür hervor. Ein wunderschönes Mädchen mit rotem Haar, neben ihr stand ein großer Junge mit breiten Schultern und dunkelblondem Haar, hinter diesem ein noch größerer Junge mit roten Locken und an seiner Hand ein kleiner Junge mit einem schwarzen Lockenkopf. Sie alle lächelten ihm freundlich zu und winkten ihn zu sich. Er wollte schon einen Schritt auf sie zugehen, als eine Person aus der dunklen Tür hervortrat. Es war ein sehr großer Mann mit hellem Haar und stahlblauen Augen. Er trug einen schwarzen Mantel und hielt eine Pistole in der Hand. Er erinnerte sich noch an diesen Mann. Es war William Afternoon. Hitze stieg in ihm auf, und er ballte seine Hände unwillkürlich zu Fäusten. Er hatte eine solche Wut auf diesen Mann! Stur starrte er Afternoon in die stählernen Augen, doch als er sah, wie dieser zu lächeln begann, hielt er es nicht mehr aus. Und ohne noch einmal einen Blick zu den vier Kindern, Jacob, George oder seinem Vater zu werfen, rannte er auf die dunkle Tür zu und verschwand in der Dunkelheit.

Siebtes Kapitel

Kuss drüber

„...Da kamen sie und es machte kabum und er lag da tot und dumm, fiedebum..."

Jack öffnete, durch Jeremys schiefen Gesang geweckt, die Augen. Er lag auf einem sonnengelben Sofa, auf das unzählige weiße und hellgelbe Blumen gepinselt waren. Seine Füße waren durch einen Stapel Kissen hochgelegt, und um ihn herum standen Jeremy, Charlie, Theo, Alex und Oscar.

„Endlich, du bist wach!"

Oscar eilte zu Jack und half ihm, sich aufrecht hinzusetzen, dann gab er ihm zu trinken.

„Deine Freunde haben mir erzählt, dass du gerne kletterst, besonders bei Nacht, und dass du von der Klippe gestürzt und auf einem spitzen Stein gelandet bist."

Jack sah Jeremy, Charlie und Theo an, dann nickte er.

„Bei meinen Eltern durfte ich nie klettern, sie sagten, es sei zu gefährlich und so, deshalb bin ich immer heimlich bei einem Freund geklettert, der hat mir beigebracht, wie man gut so die besten Stellen und s..."

Jack hustete, und Oscar hielt ihm so schnell das Glas hin, dass etwas Wasser überschwappte und auf Jacks Oberkörper tropfte.

„Oh, das tut mir leid."

„Kein Problem."

Jack wunderte sich über seine Stimme. Sie war rau, und er erkannte sie nicht wieder.

„Wie habt ihr mich gefunden?", fragte er leise und nahm noch einen Schluck.

„Das waren nicht wir, es war Becca. Sie hat gesagt, sie wolle sich bei dir entschuldigen oder so und ist rüber in dein Zimmer gegangen. Aber da warst du nicht. Und dann hat sie so einen Knall gehört und ist nach draußen gerannt. Du kannst dir nicht vorstellen, wie sie hier reinkam. Komplett fertig und heulend, als wäre ihr Goldfisch gestorben. Sie hat dich bis ins Hotel geschleppt und hat dann so laut geschrien, bis wir alle unten waren und uns um dich gekümmert haben. Und dann ist sie zusammengebrochen. Charlie hat sie in ihr Bett getragen, seitdem schläft sie", erklärte Jeremy, und er konnte sich ein belustigtes Lächeln nicht verkneifen.

Jack nickte ernst, aber innerlich war er froh, dass Becca so um ihn gebangt hatte.

„Wie spät ist es?", fragte Jack auf einen Blick nach draußen.

„Halb zwei."

Alex wandte sich an seinen Vater.

„Kann ich jetzt gehen? Er ist doch wach."

Oscar nickte und Alex machte auf dem Absatz kehrt und lief mit schnellen Schritten aus dem Zimmer.

Der Schmerz in Jacks Bein war nicht verschwunden, er war sogar schlimmer geworden, und immer wieder ging ihm der Schrei durch den Kopf, als sein Schuss das Ziel getroffen hatte. Hatte er einen Menschen umgebracht? Unwillkürlich begannen Jacks Hände zu zittern, und er versteckte sie schnell in einem Kissen vor den besorgten Blicken der anderen.

Schritte ertönten, und kurz darauf stürmte Becca ins Zimmer. Ihr Haar war offen, und rötliche Strähnen fielen wild über ihr Gesicht. Sie trug bloß ein hellblaues, fast weißes Nachtkleid, und ihre Lippen waren vor Wut aufeinandergepresst.

„Oh, oh", entfuhr es Jeremy, als er sah, wie Becca auf Jack zustürmte.

Vor dem Sofa blieb sie stehen und funkelte Jack böse an.

„Sorry Becca, es tut mir echt leid, ich hätte auf dich hören sol...", noch bevor er den Satz beendet hatte, hatte sie ihm eine saftige Backpfeife verpasst.

Ungläubig strich Jack über die immer röter werdende Stelle, die ihr Schlag hinterlassen hatte. Er sah auf, Becca stand wie angewurzelt da, ihre Wangen glühten vor Wut. Sie sah so schön aus. Jack konnte nicht anders, er musste bei ihrem Anblick lächeln, was Becca noch rasender zu machen schien. Drohend hob sie die Hand, aber als Jack diese sanft ergriff und sie zu sich auf das Sofa zog, wehrte sie sich nicht. Und auch, als Jack seine Lippen auf ihre legte, erwiderte sie den Kuss. Schon als er sie damals im Camp hinter dem schwarzen Fluss kennengelernt hatte, hatte er etwas gefühlt. Etwas, was er noch nie so stark für einen Menschen empfunden hatte. Er hatte sich in sie verliebt, und in letzter Zeit war dieses Gefühl immer stärker geworden. Er hatte sich nie getraut, es ihr zu sagen, weil er Angst gehabt hatte, dass Becca seine Gefühle nicht erwidern würde. Doch nun hatte er sich getraut, und er fühlte sich, als wäre ihm ein riesiger Felsbrocken vom Herzen gefallen. So, als könnte gleich ein Feuerwerk in ihm explodieren. Als Jack sich wieder von Becca löste, lächelte sie.

„Geh nie wieder auf so eine dumme Selbstmord-Mission", flüsterte sie, und Jack sah ihr in die Augen und schüttelte stumm den Kopf.

„Nie wieder", sagte er leise, aber diesmal meinte er es ernst, von nun an würde er auf sie hören.

Ein lautes Prusten erinnerte Jack und Becca daran, dass sie nicht allein waren. Jeremy kriegte sich vor Lachen nicht mehr ein, und Charlie schlug ihm verschmitzt grinsend auf die Schulter.

„Herzlichen Glückwunsch Jer, du hast gerade einen magischen Moment zerstört."

„Tut mir so leid, Leute, aber ich bin gerade einfach nur unglaublich glücklich, und wenn man glücklich ist, muss man lachen! Ich, ich..."

Wieder begann er laut loszulachen, und mit einem entschuldigenden Blick zu Becca und Jack schob Charlie Jeremy und Theo aus der Tür. Becca und Jack sahen sich an, und diesmal war Becca es, die ihn zu sich zog und leidenschaftlich küsste.

„Ich bin nicht Sherlock Holmes, woher soll ich das wissen?"

Jeremy lief sichtlich genervt in Jacks und Theos Zimmer auf und ab und suchte krampfhaft mit den anderen nach einem Plan.

„Okay, fassen wir zusammen, wir müssen herausfinden, wer da in der Scheune ist, und wenn es Afternoon ist, dann holen wir die Polizei, klar soweit?"

Jack presste die Zähne zusammen, als abermals ein stechender Schmerz durch sein Bein ging. Zum Glück hatte die Kugel ihn nur gestreift. Die Wunde war nicht tief. Dennoch schmerzte sie immer noch. Oscar hatte ihm die alten Krücken von Alex geliehen, der sich vor einiger Zeit ebenfalls am Bein verletzt hatte. So konnte er zumindest zum Bad oder in sein Zimmer humpeln. Nach unten zum Essen fuhr er mit dem Fahrstuhl, oder es wurde ihm von Becca aufs Zimmer gebracht.

„Ja, die Frage ist nur, wie wir herausfinden, wer da überhaupt drin ist", sagte Becca und strich besorgt über Jacks Bein.

„Leute, bitte überdenkt auch noch mal, dass wir das eigentlich gar nicht machen müssen. Ich meine, wir könnten auch einfach gleich die Polizei einschalten, dann kann die herausfinden, ob das da in der Scheune Afternoon ist, und wir könnten zurück ins Camp und ein ganz normales Leben führen", setzte Charlie an.

Aber Jeremy schüttelte nur lächelnd den Kopf.

„Du hörst dich an wie George... und ich finde, wir sollten die Polizei erst holen, wenn wir es herausgefunden haben oder wenn uns die Sache über den Kopf wächst. Die Polizei nimmt das Ganze eh nicht ernst, tut es als abergläubische Spukgeschichte ab, sonst wäre sie hier doch schon längst aufgekreuzt. Ich denke, ein bisschen Abenteuer und Herausforderung können nicht schaden, oder was meint ihr?"

„Ich will ein Ritter sein!", mischte Theo sich ein und kletterte auf das Sofa neben Jack und streckte eine Faust in die Luft.

„Oder ein Ritter-König. Dann bin ich Ritter-König Theo-Henry der Große!"

„Seht ihr, Theo will auch Abenteuer."

Jeremy ließ sich befriedigt neben ihm nieder.

„Ich glaube ja, dass Oscar mehr weiß, als er sagt", überlegte Becca und nahm einen Schluck aus dem Wasserglas, das Jack in der Hand hielt.

Doch dieser bemerkte das kaum. Er beobachtete schon die ganze Zeit Theo, der sich allein auf einen Sessel gesetzt hatte und auffällig grinsend seine Schuhe beobachtete.

„Theo? Alles okay?", fragte er, und Theo sah kichernd zu ihm auf.

„Ja", antwortete er verschwörerisch und begann wieder zu kichern.

„Ähm, irgendwas stimmt mit ihm nicht", meldete sich nun auch Jeremy und lief zu Theo.

Er kniete sich nieder, so dass er auf gleicher Höhe mit ihm war und sah ihm durchdringend in die Augen.

„Theo, was ist los?"

„Ich habe ein Geheimnis", triumphierte er lachend.

„Und willst du es uns verraten?", fragte Jack, aber Theo schüttelte den Kopf.

„Nee, sonst wäre es doch kein Geheimnis mehr!"

Becca erhob sich und lief zu Theo.

„Lasst mich mal."

Jeremy ließ Becca an seinen Platz.

„Ach Leute, ist doch egal, Theo hat bestimmt nur so ein komisches Geheimnis, das keiner je brauchen wird. Er will nur im Mittelpunkt stehen, hab ich recht?"

Theo schüttelte energisch den Kopf.

„Nein, mein Geheimnis ist sehr wichtig, aber ich darf eben nicht weitersagen, dass Oscar eigentlich Michael Afternoon heißt."

„Was?"

Jack beugte sich überrascht nach vorn.

„Es tut mir sehr leid, dass ich euch das Geheimnis nicht weitersagen kann, aber dann bin ich kein Ritter-König mehr, hat er gesagt."

Theo zog mit einem entschuldigenden Blick die Schultern hoch.

„Sorry Leute, aber ein wahrer Ritter-König bricht sein Versprechen nicht. Und jetzt gehe ich mit Alex Ritter spielen."

Mit diesen Worten hüpfte Theo fröhlich aus dem Zimmer.

„Ich hab's ja geahnt, aber dass es wirklich wahr ist... echt krass, wir haben den Bruder von Afternoon gefunden. Und wenn der nicht etwas über Afternoon weiß, dann fress ich `ne Krücke von Jack."

Jeremy schüttelte immer wieder ungläubig den Kopf.

„Krass, wozu Theo alles nützlich sein kann. Wo hat er das nur aufgeschnappt?"

Jack nickte.

„Ich denke, wir sollten mal mit Oscar, äh ich meine Michael reden. Oder wir verfolgen ihn. Spionieren ihn aus, wisst ihr, was ich meine? Wir könnten..."

„Du kannst nirgendwohin", unterbrach ihn Becca, und Jack sah sie begriffsstutzig an.

„Hä?"

„Hallo, erwach mal aus deinen Fantasie-Träumen. Du bist verletzt und kannst kaum laufen. Wenn wir Michael ausspionieren wollen, dann müssen wir schnell sein. Und ich denke, mit Krücken geht das schlecht."

Jack grummelte missmutig etwas in sich hinein.

„Na schön. Dann bleib ich eben hier und nehme mir mal Michaels Zimmer vor."

Becca, Jeremy und Charlie nickten.

„Niemand kann mit mir spielen, Alex ist in der Stadt und Michael will, glaube ich, zur Scheune."

Theo stand in der Tür, den Kopf traurig nach unten hängend.

„Was? Er will in die Scheune?"

Becca drückte Jack noch schnell einen Kuss auf die Wange, bevor die drei Theo aus dem Zimmer folgten.

Achtes Kapitel

Michael Afternoon

So leise, wie es eben mit Krücken ging, humpelte Jack den Gang zum Fahrstuhl entlang. Er war wütend auf sich selbst und auf die Person in der Scheune. Na ja, eigentlich bloß auf sich selbst. Unten angekommen, öffnete sich die Fahrstuhltür, und Jack machte sich auf zu dem Vorhang, hinter den Oscar immer verschwand, wenn er sagte, dass er etwas zu erledigen hätte. Michael, verbesserte Jack sich im Kopf. Er heißt nicht Oscar, sondern Michael, Michael Afternoon. Er bekam schon Kopfschmerzen vom lauter Umdenken der Namen. Sinjin Seivelmoor hieß eigentlich William Afternoon, Soonmary Winterbottem hatte Jacob Waadter geheißen und jetzt auch noch Oscar. Wahrscheinlich hatte auch Alex noch einen anderen Namen. Schließlich war er der Neffe Afternoons.

Hinter dem Vorhang waren die Wände mit einem tropisch saftigen Grün bemalt, und überall hingen Bilder von Alex, Michael oder dem Hotel. Der grüne Gang führte bis zu einer aus hellem Holz gefertigten Tür. Vorsichtig drückte Jack die Klinke herunter und trat ein.

Das Zimmer, das vor ihm lag, war groß, aber nicht zu groß, gerade richtig, um für ein Bett, einen Schreibtisch, einen Esstisch und einen Flügel Platz zu haben. Jack humpelte zu dem wunderschönen, aus dunkelpoliertem Holz geschnitzten Schreibtisch. Eine mattgrüne, altmodische Messing-Lampe stand auf einem Stapel Bücher, und viele Unterlagen und Blätter waren auf der Tischoberfläche verteilt. Michael war keineswegs ein ordentlicher Mensch. Jack lehnte seine Krücken an den mit schwarzem Leder gepolsterten Schreibtischstuhl und begann, die Blätter zu durchwühlen. Viele Rechnungen befanden sich darunter, die meisten unterschrieben, andere nur halb angefangen. Unter den Papieren zog Jack Bilder des Shiver Inn hervor, eines von dem schönen großen Park, eines von dem Gebäude von der Seite, von oben, von vorne und von hinten und schließlich eines von jedem einzelnen Zimmer.

Jack hätte die Bilder beinahe wieder weggelegt, als er plötzlich ein weiteres entdeckte. Die Scheune, da war Jack sich sicher, auch wenn es schlecht zu erkennen war, denn das Bild war anscheinend in der Nacht aufgenommen worden. Jack hielt es unter die grüne Lampe, und tatsächlich, es waren zwei Silhouetten zu erkennen. Eine groß und schlank und die andere etwas kleiner. Er drehte das Foto um. Etwas war mit blauer Tinte auf die Rückseite geschrieben. Jack konnte die Schrift kaum lesen, nur mit Mühe konnte er sie entziffern.

‚Rede Klartext, wer ist das????‘

Jack fand noch ein Bild, es war das gleiche Foto mit der Scheune, nur auf der Rückseite stand etwas anderes geschrieben:

‚Ich habe die Nase voll, jetzt sag es mir endlich!‘

Weitere Bilder, die womöglich von Bedeutung gewesen wären, fand Jack nicht, deshalb nahm er sich die vielen Schubladen vor. In einer befand sich haufenweise leeres Papier, mal kariert, mal liniert und mal ganz weiß. In der nächsten befanden sich Ordner, Jack klappte den ersten auf. Rechnungen und alle möglichen Unterlagen waren darin abgeheftet. Im zweiten ebenso. Doch dann entdeckte Jack den dritten Ordner. Er war pechschwarz und lag unter all den anderen versteckt. Rasch schlug er ihn auf. Es war ein Fotobuch von Michaels Kindheit. Es enthielt nur Bilder von ihm, doch auf einem war seine gesamte Familie zu sehen. Seine Eltern, so vermutete Jack, standen ganz links, in ihrer Mitte stand Michael und lächelte verschmitzt in die Kamera. Auf der anderen Seite waren vier Frauen und drei Männer zu sehen. Vielleicht

Onkel und Tanten, vermutete er. Diese Personen fielen nicht besonders auf, doch die Person, die in der Mitte stand, stach Jack sofort ins Auge. Ein kleiner Junge, auf dem Bild schätzungsweise sieben oder acht Jahre alt, stand dort, mitten im Zentrum. Er hatte die Arme vor der Brust verschränkt und starrte mit einem Blick, den Jack nur allzu gut kannte, in die Kamera. Afternoon! Jack blätterte schnell weiter und erschrak, als er das nächste Bild sah. Afternoon war wieder zu sehen, einige Jahre älter, in seinem Arm stand ein junges Mädchen, zwölf oder dreizehn Jahre alt. Ihre smaragdgrünen Augen blickten sanft, das pechschwarze Haar fiel ihr bis zur Taille, und sie trug ein rotes, schulterfreies Kleid und schwarze Sandalen. Sie lächelte, aber es war nicht irgendein Lächeln, es war Jacks Lächeln. Er hatte schon oft Bilder seiner Mutter gesehen, aber nie war auf einem von ihnen Afternoon zu sehen gewesen! Jack klappte das Buch ruckartig zu. Seine Mutter war in jungen Jahren mit William Afternoon befreundet gewesen? Vor lauter Fassungslosigkeit hätte Jack die Schritte auf dem Gang beinahe nicht mehr gehört, doch als die Schritte verstummten, war es bereits zu spät.

„Was tust du hier?!"

Jack drehte sich ganz langsam zu Michael um.

„Wir wissen es."

„Was wisst ihr?"

Michael lief ein paar Schritte in das Zimmer hinein und ließ sich dann auf einen großen rotsamtenen Ohrensessel fallen.

„Wir wissen, dass Sie Michael Afternoon sind."

Jack sah, wie durch Michaels Körper ein kurzes Zucken ging.

„Nun, dann hat Theodor es euch doch erzählt? Er hatte ein Gespräch mitbekommen, in dem Alex mich versehentlich Michael nannte und von meinem Bruder Afternoon sprach. Da waren wir ihm eine Erklärung schuldig."

„Theodor?" Jack sah so unschuldig wie möglich drein.

„Tu nicht so, Jack, nicht nur du und deine Freunde wissen meinen Namen, ich weiß auch eure."

Jack blickte ihn fragend an.

„In der Zeitung mit dem Bericht über die fünf vermissten Kinder waren Bilder, und unter den Bildern waren Namen: Du bist nicht Jason Wilson, sondern Jack Evans, und du hast auch keinen Bruder, der angebliche Henry heißt in Wahrheit Theodor Murphy. Deine Freundin, die ihr Rachel Adams nanntet, heißt Rebecca Jones, und ihr Bruder, der für uns bis vor kurzem noch Oliver Adams war, heißt Charlie Jones und zu guter Letzt der sogenannte Sebastian Brown, der heißt Jeremy West."

„Okay, okay, verstanden."

Jack sah ertappt auf seine Fußspitzen. Er hörte, wie Michael zu ihm trat und das Fotobuch vom Tisch nahm.

„Meine Mutter war eine Freundin Afternoons?"

Jack sah von seinen Fußspitzen auf und Michael durchdringend in die Augen.

„Jack, ich...ja, war sie."

Jack nickte ernst und nahm seine Krücken vom Stuhl.

„Sie sind sein Bruder, ich kann verstehen, wenn Sie ihm helfen, aber sollte William in dieser Scheune sein, dann rufen wir die Polizei. Er hat unseren Freund, unseren Lehrer, unsere Eltern und so viele Menschen umgebracht...ich hoffe, Sie verstehen das", sagte Jack bereits auf halbem Weg aus der Tür.

„Warte!"

Michael hatte ihn beim Arm gepackt und sah ihm entschlossen in die Augen.

„Ich hasse meinen Bruder, verabscheue ihn, und ich werde alles dafür tun, dass ihr mir das glaubt. Ich versuche seit Monaten, ihn zu finden und ihn der Polizei ein für alle Mal zu übergeben. Aber er ist gut im Verstecken, sehr gut, das konnte er schon immer. Er hat fast unsere gesamte Familie zerstört, und ich glaube, ich bin der nächste. Deshalb versuche ich, Alex und mich so gut es geht zu schützen, damit er uns nicht findet. Er ist kein Mensch mehr. Er ist eine Kreatur ohne Herz. Ich verstehe nicht, wie man so unendlich vielen Menschen das Leben nehmen kann! Und wenn ihr dasselbe wollt wie ich, ihn unschädlich zu machen und der Polizei zu übergeben, dann werde ich euch helfen".

Jack betrachtete Michael skeptisch.

„Manchmal fühle ich mich, als wäre ich Teil eines grausamen Films oder eines Buches und in die Geschichte eingesperrt. Dieses Leben, es ist so unglaubwürdig. Für die meisten Kinder ist das Schlimmste, was ihnen je passiert ist, dass sie von einem Klettergerüst gefallen sind und sich den Arm gebrochen haben. Aber unser Leben hat mit dem Tod oder dem Verschwinden unserer Eltern begonnen. Wir haben erlebt, wie ein Mensch ermordet wurde. Das Camp, das uns aufgenommen und geholfen hat, wurde zerstört, und wir sahen abermals, wie jemand vor unseren Augen starb. Und in meiner Verzweiflung bin ich jetzt in diese Scheune gegangen. Ich wurde dort angeschossen, und dann habe ich selbst auf einen Menschen geschossen. Meine Wut auf diese...keine Ahnung, herzlose Kreatur, war so groß, dass sie mich dazu gebracht hat, das zu tun!"

Michael legte Jack mit verständnisvollem Blick tröstend seine Hand auf die Schulter.

„Ich weiß, Jack. Ich weiß, wie es ist."

„Wenn Sie es so genau wissen, dann zeigen Sie uns, wen Sie in dieser Scheune versteckt halten!"

Es war eine rabenschwarze Nacht, und der Mond wurde durch dunkle, große Wolken verdeckt. Nur wenige Sterne waren am Himmel zu sehen, und der Weg, auf dem Theo, Becca, Jack, Jeremy, Charlie, Michael und Alex liefen, war nass vom Tau. An der Scheune angekommen, öffnete Michael leise die Tür und bedeutete den anderen, draußen zu bleiben.

„Hey, Schafskopf, weißt du eigentlich, wer da drin ist?", schnauzte Jeremy den erstarrten Alex an.

„Nein, ich weiß es nicht."

Jack sah, wie Alex' Blick hektisch hin und her zuckte und schließlich an Charlie hängenblieb, der ihn schon die ganze Zeit über skeptisch musterte.

„Ich weiß es wirklich nicht", beteuerte Alex abermals und sah wieder zu der geöffneten Schuppentür, durch die sein Vater soeben verschwunden war.

„Okay, kommt!", erklang Michaels Stimme von drinnen.

Den Arm um Becca gelegt, um selbst keine Angst zu haben, aber auch, um Becca zu schützen, betrat Jack mit den anderen das dunkle Gebäude.

„Darf ich vorstellen, Mary und Lucy Afternoon."

Jack wäre fast die Luft weggeblieben, als Michael diese Worte sprach.

„Äh ne, oder?"

Jeremy hatte die Augen weit aufgerissen und starrte die beiden Gestalten an, die eng beieinanderstanden und verängstigt zu ihnen herüberblickten.

Mary war klein und zierlich, das honigblonde Haar zu einem Zopf geflochten. Ihre Augen waren von einem zarten Braungrün, und ihre Haut war fast durchsichtig blass. Lucy war genauso groß wie ihre Mutter und hatte das gleiche blonde Haar, nur fiel es ihr in leichten Wellen über die Schulter bis zur Taille. Ihre Augen waren von demselben hellen Blau, das auch Afternoons Augen besaßen, und ihre Wangen und vollen Lippen schimmerten rot.

„Ähm hallo, ich bin Lucy", sagte sie schüchtern, und ihre Stimme klang wunderschön. Sie erinnerte Jack an tausend helle Glöckchen.

„Ich bin Jack, und das sind Becca, Jeremy, Charlie und Theo."

Mit einem Blick zu Alex fügte er hinzu:

„Und das ist Alex, dein Cousin."

„Dad, sehe ich das richtig? Hast du ernsthaft Afternoons Frau und sein Kind in unserer Scheune versteckt? Und wieso hast du mir das nicht gesagt? Ich meine, Lucy ist schließlich meine Cousine, und Mary ist meine Tante!"

Alex Stimme klang aufgebracht und ungläubig.

„Dafür muss ich mich entschuldigen."

Mary war einen Schritt auf Alex zugetreten und hatte ihre Hände auf seine Schultern gelegt.

„Ich habe ihn gebeten zu schweigen. Ich hatte einfach zu große Angst, dass es jemand erfahren könnte."

Alex nickte verwirrt, und Mary ließ ihn wieder los.

„Können Sie uns die ganze Geschichte erzählen?", fragte Becca und löste sich von Jack.

„Ich meine, wie Sie hierhergekommen sind und so."

Mary sah ihr aufrichtig in die Augen.

„Natürlich, setzt euch doch."

Sie gab den Blick auf ein paar schäbige Sessel und ein altes Sofa frei. Schnell und begierig die Geschichte zu erfahren, ließen sich die sechs auf die Sitzgelegenheiten nieder.

„Ihr kennt womöglich alle die Geschichte, wie Lucy und ich William hintergangen haben?"

„Ihr habt ihn nicht hintergangen, Mary, wie oft soll ich es dir noch sagen. Dein Vater hat dich gebeten, das Camp geheim zu halten und zu schweigen. Was hättest du denn tun sollen? Deinen Vater hintergehen? Und außerdem ist William selbst schuld. Er hat sich dazu entschieden, sein Geld auf diese verbrecherische Weise verdienen zu wollen und hat dir und Lucy damit höllische Angst gemacht."

Michael sah Mary warnend an.

„Mach dir nicht schon wieder Vorwürfe!"

Mary nickte und legte ihre Beine stumm übereinander.

„Ich lernte William über Michael kennen. Michael und ich, wir studierten zusammen und wurden schnell gute Freunde, und dann lud er mich zu einem Familientreffen ein, wo ich William traf. Wir verliebten uns ineinander und zogen zusammen. Wir bekamen Lucy und...nun, ihr wisst ja, wie es weitergeht. Wir waren vor William in das Camp geflohen. Dann überfiel William das Camp, um uns heraus zu holen, aber ich weigerte mich."

Sie schluckte ein paar Tränen hinunter und redete dann schnell weiter.

„William kam daraufhin aber nicht zur Vernunft. Er machte weiter und wurde immer noch wütender. Und weil ich nicht wollte, dass Lucy zuschauen muss, wie ihr Vater zu einem Tyrannen wird, habe ich sie bei der Hand genommen und bin weggerannt. Er hat mir hinterhergeschrien, dass er mich finden und vernichten würde."

Sie schloss kurz die Augen und atmete einmal tief durch.

„Ich wusste nicht wohin. Meine Mutter war gestorben, und zu meinem Bruder hätte ich zwar gehen können, aber der lebte zu dieser Zeit bei unserem Vater, und ich...ich wollte nicht zu meinem Vater. William hätte uns dort leicht finden können, und dann wären auch mein Vater und mein Bruder in Gefahr gewesen.

Mir fiel nur noch einer ein, Michael, mein früherer Studienfreund und jetziger Schwager, mit dem ich immer noch Briefkontakt hatte. Ich schrieb ihm, dass ich große Probleme hätte und irgendwie unbemerkt zu ihm kommen müsste. Er half mir sofort, und so konnte ich tatsächlich hierher fliehen. Er gab mir die Scheune, und ich war dankbar. Sehr dankbar. Doch mit der Zeit schöpften die Leute Verdacht, dass hier jemand versteckt sei und ich vertrieb Michael die Kundschaft. Ich wollte schon gehen, aber er sagte, es sei im egal, wenn er keine Kundschaft hätte und dass nur mein und meiner Tochter Leben zähle.“

„Oh mein Gott, oh mein Gott, oh mein Gott!“

Lucy kreischte erschrocken auf, als sie den riesigen Verband entdeckte, der um Jacks Bein gewickelt war.

„Du warst das?! Dich habe ich angeschossen?“, rief sie laut aus und ließ sich neben Jack fallen.

Vorsichtig strich sie über sein Bein und sah ihn erschrocken an.

„Bitte verzeih mir, das tut mir ja so leid, aber ich hatte so schreckliche Angst, dass es Dad war, der uns in der Scheune gefunden hatte.“

Jack deutete auf ihren Arm. Er war ebenfalls verbunden.

„Und ich habe dich verletzt, das tut mir auch sehr leid.“

„Ach, nicht schlimm. Das war nur ein Streifschuss. Wir hatten beide unglaubliches Glück. Ich mag deine Haare, sie sind so schön weich und seidig."

Sanft fuhr sie ihm durch das pechschwarze Haar. Es war Jack unangenehm, aber er wollte sich auch nicht wegdrehen, das wäre womöglich unhöflich gewesen. Um so dankbarer war er, dass Becca sich hinter ihnen lautstark und leicht gereizt räusperte.

„Ich finde, wir sollten gehen," sagte sie, und Jack erhob sich etwas zu schnell von seinem Platz.

„Äh, sehe ich genauso. Wir wissen ja jetzt, wer hier drin ist."

„Ja, vielleicht könnt ihr mich ja mal besuchen kommen? Ich würde mich über Gesellschaft echt freuen."

Sie sah Jack die ganze Zeit über an, und er konnte sich ihrem Blick nicht entziehen. Becca packte seinen Arm und zog ihn schnell aus der Tür.

„Nein, wir werden diese Lucy NICHT besuchen! Wir gehen. Morgen Nacht fahren wir zurück!"

Becca lief so schnell, dass Jack mit seinen Krücken kaum hinterherkam.

„Was denn, bist du etwa eifersüchtig?", neckte er sie, in der Hoffnung, ihr ein kleines Lächeln zu entlocken, aber anscheinend hatte er ins Schwarze getroffen.

„Was? Wir gehen morgen?", meldete sich Charlie sichtlich enttäuscht, und auch Jeremy und Theo schienen nicht sonderlich angetan von der Idee.

„Ich finde, wir haben uns ein bisschen Urlaub verdient. Es gibt hier eine Sauna und einen Whirlpool, in denen ich noch kein einziges Mal drin war! Ist das zu glauben?"

Jeremy öffnete für Jack die Tür, und die Fünf traten ins Warme.

„Ach was, mit einem Mal bist du nicht mehr so heiß darauf, den Mörder zu finden, der George umgebracht hat?", giftete sie ihn wütend an.

„Nur, weil da gerade ein Mädchen war, das dir bei Jack Konkurrenz machen könnte, musst du nicht gleich so aufdrehen", erwiderte Jeremy kampflustig.

„Leute, beruhigt euch mal! Theo hält sich schon die Ohren zu."

Charlie legte behutsam einen Arm um Theo.

„Lasst uns hochgehen! Ich glaube, wir sind alle einfach müde."

Becca nickte schnell und lief, ohne sich noch einmal von Jack zu verabschieden, aus dem Foyer die Treppe nach oben.

„Oh, oh, ich glaub, jetzt wird's knifflig. Eine eifersüchtige Freundin ist schlimmer als eine Giftschlange! Glaub mir, ich hab' damit Erfahrung."

Jeremy klopfte Jack mitfühlend auf die Schulter und rannte dann mit Theo an der Hand Becca nach.

Neuntes Kapitel

Schafskopf und Giftschlange

Jack lag mit geöffneten Augen in seinem Bett und starrte in die Dunkelheit. Ihm gingen tausende von Fragen durch den Kopf. Konnten sie Michael und Alex trauen, oder hatten sie ihnen Lucy und Mary nur als Deckung für Afternoon vorgeführt? Wer war dieser Michael, und wünschte er seinem Bruder wirklich den Tod?

Becca war eifersüchtig, aber das musste sie nicht sein. Vielleicht würde Lucy eine gute Freundin werden. Er fand sie nett, aber nicht mehr. Er liebte Becca.

Seit sie gesehen hatten, wer sich in der Scheune versteckte, war in Jack ein ungewohntes Gefühl aufgekommen. Es hatte ihn mutlos und lustlos werden lassen. Er war enttäuscht, sie waren einen so weiten Weg bis hierher gegangen, und nun waren sie keine Spur weiter. Na ja, etwas Gutes hatte die Sache. Er hatte es geschafft, für ein paar Tage dieser nervigen Katy zu entkommen. Jack versuchte, einen Gedanken schon die ganze Zeit zu unterdrücken, doch es gelang ihm nicht. War seine Mutter wirklich mit Afternoon befreundet gewesen? Und wenn ja, hatte er sie dann umgebracht, oder lebte sie noch? Und wenn sie noch lebte, wo um alles in der Welt war sie? Wieso war sie nicht bei ihm gewesen, als er sich monatelang auf der Straße durchgeschlagen hatte, in der Hoffnung, sie zu finden. Sie hätte bei ihm sein sollen, das war ihre Aufgabe als Mutter, oder? Er war in diesen Monaten ganz allein gewesen. Die kurzen Abschnitte im Waisenhaus und in Pflegefamilien hatten ihn nur noch einsamer werden lassen. Er hatte das alles nicht gewollt. Er hatte seine Mutter finden wollen, aber nun war dies keineswegs mehr seine Absicht. Sie war einfach abgehauen und hatte ihren Mann mit einem Baby allein gelassen. Aber warum? Zu viele Fragen, die nicht gelöst werden konnten.

Noch lange schlief Jack nicht ein. Dann schließlich kam er zu einem Entschluss: Sie hatte ihn und seinen Vater einfach nicht geliebt. Das war die simpelste Erklärung. Und mit einem leichten Stechen im Herzen schlief er ein.

Die nächsten zwei Tage verliefen genau gleich: Am Morgen saßen sie schweigend am Tisch und redeten kein Wort miteinander. Jeremy und Becca waren sauer aufeinander, sie war außerdem sauer auf Jack, und warum Charlie nicht redete, wusste Jack nicht. Und Theo sprach nicht, weil ihm eh niemand geantwortet hätte.

Nach dem Frühstück verschwand Becca in ihrem Zimmer und Charlie verschwand nach draußen. Jeremy, Jack und Theo nutzten die Zeit, schwimmen zu gehen und sich danach in der Sauna zu entspannen. Na ja, eigentlich schwammen nur Theo und Jeremy, Jack saß die meiste Zeit am Beckenrand und machte von dort aus mit Jeremy und Theo eine Wasserschlacht. Seine Wunde war noch nicht gut verheilt. Aber wenigstens brauchte er jetzt keine Krücken mehr. Michael hatte ihm einen Verband verpasst, mit dem er auch ohne Krücken einigermaßen laufen konnte.

Das Mittagessen verlief wie das Frühstück. Niemand redete ein Wort. Nur war im Gegensatz zum Morgen Charlie nicht da. Dann verschwand Becca wieder in ihrem Zimmer, und Jack, Jeremy und Theo gingen wieder schwimmen und spielten danach Spiele.

Und das Abendessen verlief wie das Frühstück und das Mittagessen, nur, dass Charlie dann wieder auftauchte. Am zweiten Abend war Charlie jedoch schon wieder verschwunden.

„Was macht der bloß den ganzen Tag?"

Zum ersten Mal redete Jeremy wieder am Tisch.

„Was interessiert's dich?", giftete Becca ihn gleich an.

„Hast du ein Problem mit mir? Ich hab' dir nichts getan, Giftschlange!"

Jeremy schlug wütend auf den Tisch.

„Wie hast du mich gerade genannt?"

Beccas Blick verfinsterte sich.

„Ich habe dich *Giftschlange* genannt!"

Jeremy grinste fies und zog das Wort Giftschlange extra lang.

„Du bist so ein..."

Becca suchte anscheinend nach einer passenden Bezeichnung.

„Ja? Was bin ich, hm? Meinst du vielleicht, ich bin ein gutaussehender, cooler Typ, der dir nichts getan hat und nur so fies zu dir ist, weil du noch fieser bist?"

Becca und Jeremy starrten sich so wütend an, dass es Jack eiskalt den Rücken runterlief.

„Ich, äh, geh meinen Schlafanzug anziehen."

Theo sprang von der Bank und rannte so schnell er konnte nach oben.

„Ja, und ich geh noch kurz an die frische Luft."

Jeremy und Becca waren so in ihren Streit vertieft, dass sie gar nicht merkten, wie Jack sich ebenfalls von der Bank erhob und nach draußen trat. Jack schloss die Augen, als ihn die kühle und erfrischende Abendluft umgab. Er legte seinen Kopf in den Nacken und sah nach oben in den Himmel. Ein zartes Abendrot bedeckte sanft wie ein seidener Schleier den Himmel, und der gewohnte Geruch von Rosen, Veilchen und Tulpen umgab ihn. Langsam öffnete er die Augen, und da sah er, wie jemand die Steintreppe von der Schlucht nach unten zum Shiver

Inn hinunterlief. Als die Person unten ankam und auf Jack zulief, konnte er sie erkennen.

„Charlie, wo warst du?"

Jack sah ihn fragend an.

„Jack...kann ich dir was anvertrauen?"

Jack nickte zustimmend.

„Klar, schieß los!"

„Ich glaube, ich habe mich verliebt in...in Alex."

Charlie schien eine Reaktion von Jack abzuwarten, weshalb dieser ihm auf die Schulter klopfte.

„Na, dann rede mit ihm."

„Hab ich schon... wir sind seit vorgestern zusammen."

Jack sah ihn überrascht an.

„Wieso hast du nichts gesagt?"

„Ich...ich hatte Angst, wie ihr reagiert. Ich meine, Alex ist ja jetzt nicht sonderlich beliebt bei euch. Jeremy nennt ihn Schafskopf, und ich weiß nicht, ob das ein Kompliment sein soll. Ich wollte es euch wahrscheinlich morgen oder übermorgen sagen, wirklich! Nur ich hab' es nicht mehr ausgehalten. Ich musste einfach irgendwem davon erzählen. Kannst du es für dich behalten, wenigstens für zwei Tage?"

Charlie sah ihn so bittend an, dass Jack gar nicht anders antworten konnte.

„Klar, Mann. Ich sag nichts, und jetzt muss ich mir einen Plan überlegen, wie man eine Giftschlange wieder zur Vernunft bringt. Kommst du mit rein?"

Charlie nickte, und zusammen machten sie sich auf nach drinnen.

Jack torkelte müde ins Bad. Als er aus seinem Zimmer getreten war, hatte ihn lautes Gelächter und Stimmengewirr umgeben. Wie spät war es, wie lange hatte er geschlafen? Schnell schloss er die Tür hinter sich, und die Stimmen verstummten. Becca stand im Bad. Sie stand auf der Toilette und fand etwas am Boden Liegendes anscheinend sehr eklig.

„Ähm, alles okay?", meldete Jack sich, als er die riesige Spinne entdeckte, die sich auf dem Boden hin und her drehte.

„Ich habe Angst vor der, mach sie weg!", kreischte sie und zog sich noch höher auf die Fensternische.

„Du hast Angst vor der?"

„Nein, ich finde sie einfach nur total widerlich. Obwohl, mach sie doch nicht weg, dann habe ich zumindest eine Ausrede, nicht runter gehen zu müssen."

Sie sah Jack entschuldigend an.

„Tut mir leid, dass ich so ausgeflippt bin, aber ich...diese Lucy hat mich so aufgeregt."

Jack stieg über die große Spinne und setze sich zu Becca auf die Fensternische.

„Ich liebe dich und nicht Lucy. Versprochen."

Becca sah ihn skeptisch an.

„Ja, noch liebst du sie nicht..."

Jack nahm sie in den Arm und küsste sie.

„Ich steh auf Mädchen mit rotblonden Haaren, die mich die ganze Zeit unterbrechen", hauchte er in ihr Ohr und zog sie dann von der Fensternische.

„Und jetzt springen wir über deine Angst", sagte er und Becca kicherte.

Wenn man von der Toilette sprang, landete man direkt am Türrahmen. Schnell zog Jack Becca die Treppe hinunter, den frischen Duft von Kuchen schon in der Nase. Laut plaudernd kamen die beiden unten an, doch als sie Lucy sahen, die an ihrem Tisch mit Jeremy und Theo in ein Gespräch vertieft war, verstummte Becca abrupt. Lucy drehte sich zu ihnen um und lief dann auf Jack und Becca zu.

„Hey, Jack!", sagte sie und umarmte ihn stürmisch.

Becca beachtete sie nicht.

„Ich dachte, ihr müsst euch verstecken?", entfuhr es Becca giftiger als gewollt.

„Tja, nicht mehr."

Mit diesen Worten überreichte Lucy Becca die Zeitung. Schnell überflog Becca den Artikel unten auf der Seite und gab sie weiter an Jack.

„Die Welt ist vom Teufel befreit".

Ein überraschtes Lächeln ging bei dieser Überschrift über Jacks Gesicht, und er las weiter laut vor:

> *„ ´Ich war in einem abgelegenen Dorf namens Rodga Bridge fischen, da sah ich, wie sich in meiner Fischerhütte etwas bewegte. Ich ging natürlich sofort hin, und wen sah ich da? William Afternoon! Er sah mich nicht, weshalb ich ihn, noch bevor er es bemerkte, treffen konnte. Ich habe seit den Zeiten Afternoons immer eine Pistole und ein Messer bei mir. Nun, ich rief die Polizei, und die kam dann auch sofort und schleppte Afternoon ab. Derzeit wird er wohl in einem Gefängnis irgendwo im Ausland festgehalten ´, so berichtete der 27-jährige Chuck Vanderwall in einem Interview mit dieser Zeitung. Und es entspricht den Tatsachen. Afternoon ist gefasst, und er wurde bereits zu lebenslanger Haft verurteil. Aber es besteht höchste Gefahrenstufe, dass er aus der Haft ausbricht."*

Jack las den Artikel drei Mal durch, bevor er ihn Lucy in die Hand drückte. Afternoon war gefangen? Das war die beste Nachricht, die er je in seinem Leben vernommen hatte. Er umarmte Becca, Jeremy, Theo und Michael und lies sich dann, so glücklich, als könnte er gleich in die Luft springen, auf einen freien Stuhl fallen.

„Das ist der beste Tag meines Lebens!"

Becca ließ sich fassungslos neben Jack fallen und nahm sich gleich drei Stück Erdbeer-Sahnetorte auf einmal.

„Wie wäre es, wenn wir zusammen Urlaub machen? Ich meine, ihr könnt doch sicher noch eine Woche bleiben, oder Onkel M?", wandte sich Lucy an Michael, der schon die ganze Zeit über still in einer Ecke gestanden und sich nicht gerührt hatte.

„Äh was? Ach so, ja, ja, können sie."

„Alles in Ordnung, Michael?"

Mary war zu ihm getreten und sah ihn besorgt an.

„Ja...ich meine, nein, das geht mir alles viel zu schnell. Ich kenne William, er würde sich nicht freiwillig in eine Fischerhütte begeben, von der aus man ihn hätte sehen können. Und diese Geschichte, die da in der Zeitung steht, hört sich an, als hätte er sie selbst geschrieben."

„Aber das ist doch unmöglich, dann könnte ja jeder irgendwas in die Zeitung schreiben. Außerdem würden sie doch Nachweise haben wollen, oder nicht?", meldete Jeremy sich und nahm einen Schluck seines Orangensaftes.

„Na ja, ich glaube ja nicht, dass die Leute solche Nachweise wollen. Sie sind, glaube ich, einfach nur froh, dass Afternoon gefasst ist."

Jack konnte nicht aufhören zu grinsen.

„Ähm, ach so, und noch etwas. Hat einer von euch Alex gesehen? Er ist seit gestern Nacht spurlos verschwunden."

Michael strich sich erschöpft über die Stirn.

„Charlie ist auch wie vom Erdboden verschluckt."

Becca blickte besorgt.

„Alex und Charlie sind beide weg?"

Jack biss sich auf die Unterlippe und schluckte. Sollte er es den anderen erzählen? Aber Charlie hatte ihn gebeten, nichts zu verraten. Und das würde er auch nicht.

„Charlie hat sich schon die ganze Zeit so komisch verhalten, wenn Schafskopf in der Nähe war."

Jeremy zog eine Augenbraue fragend nach oben.

„Ich bin fertig. Ich gehe kurz an die frische Luft."

Jack stand auf, noch bevor einer der anderen einen Kommentar abgeben konnte und lief aus der Tür nach draußen.

Zehntes Kapitel

Chuck Vanderwall

Die Vögel zwitscherten und der Himmel war klar und hellblau. Keine einzige Wolke war zu sehen, und ein leichter Wind wehte ihm von vorn ins Gesicht. Dieser Tag kam ihm unwirklich perfekt vor. Aber vielleicht kam es ihm auch nur so vor, weil er seit so vielen Monaten keinen so tollen Tag mehr gehabt hatte. Er ließ sich nah des Shiver Inn auf einen Stein fallen. Er konnte nicht den ganzen Tag hier verbringen und den anderen aus dem Weg gehen, das war ihm klar, aber ein paar Minuten blieben ihm.

Oder auch nicht. Gerade als er sich gesetzt hatte, vernahm er Schritte hinter sich. Er drehte sich ruckartig um, Lucy stand hinter ihm.

„Alles okay, Jack?"

Sie ließ sich neben ihn sinken und legte fragend eine Hand auf seinen Oberschenkel.

„Ähm...ja, was sollte nicht okay sein?"

„Ich weiß, dass Alex und Charlie zusammen sind. Ich habe sie gesehen, aber ich habe noch etwas gesehen. Ich habe gesehen, wie Alex so kurz vor 12:00 Uhr aus dem Shiver Inn getreten ist, und einige Minuten danach ist Charlie herausgetreten. Er ist ihm gefolgt, ich glaube, sie sind in Richtung Hafen gelaufen."

Jack blickte auf.

„Glaubst du, wir sollten mal gucken gehen, also am Hafen, ob sie dort sind? Nicht, dass die anderen sich zu große Sorgen machen."

Lucy nickte.

„Gute Idee. Sollen wir gleich los?"

Jack erhob sich.

„Wenn nicht jetzt, wann dann?"

Und zusammen machten sie sich auf den Weg zum Hafen.

Das Wasser plätscherte leise, als sie den langen, hölzernen Steg entlangliefen.

„Ich liebe das Wasser. Ich finde, es ist alles zugleich, sanft, wild, anmutig und grob."

Lucy ließ ihre Fingerspitzen durch die sachten Wellen gleiten.

„Ich habe schon mit vier schwimmen gelernt. Mein...mein Vater hat es mir beigebracht", fügte sie stockend hinzu.

„Das muss alles sehr schlimm für dich sein. Ich meine, wenn man einen Vater hat, der ein...also, ein Massenmörder ist."

Jack kratze sich nachdenklich am Hinterkopf und lief dann weiter.

„Das ist nicht das Schlimmste, das Schlimmste ist, dass ich dafür verantwortlich bin, dass er überhaupt so geworden ist."

Lucy strich sich eine ihr vom Wind ins Gesicht geblasene hellblonde Haarsträhne hinter das Ohr. Jack wollte ihr antworten, wollte sie trösten, doch ihm fielen keine Worte ein. Sie liefen stumm nebeneinander her, nur der zarte Wind und das leise Rauschen der Wellen waren zu hören.

„Jack, Jack, schau dir das an!"

Lucy winkte ihn zum Ende des Stegs. Es war ein Leichtes, von hier auf einen flachen Felsvorsprung zu springen, der direkt neben dem Steg aus dem Wasser ragte. Der Fels war spitz, nur in der Mitte befand sich eine kleine abgerundete Fläche, auf der höchstens vier Personen Platz gefunden hätten. Die Wassertropfen, die von den Wellen immer wieder auf den Stein spritzten, glitzerten in der Sonne. Jack hätte sich nicht gewundert, wenn aus dem Wasser eine Meerjungfrau gestiegen wäre und sich auf dem Felsen niedergelassen hätte, um ihr goldenes Haar zu kämmen. Schnell sprang er Lucy nach, die bereits auf der abgerundeten Fläche stand und etwas begutachtete.

„Ich wusste es."

Sie hielt ihren Finger hoch, etwas Rotes bedeckte ihn. Unwillkürlich hielt sie ihn Jack unter die Nase. Es roch metallisch.

„Blut?", fragte Jack ungläubig, und tatsächlich, neben ihnen, von einer Felsspitze, tropfte frisches, in der Sonne glänzendes Blut.

„Womöglich ist es von einem Tier oder doch von einem Menschen? Na ja, auf jeden Fall muss das hier", sie zeigte auf die Unfallstelle, „erst vor kurzem passiert sein."

Jack wurde schlecht bei dem Gedanken, dass ein Mensch womöglich mit seinem Kopf oder Arm oder Bein auf dem spitzen Felsen gelandet war.

„Entschuldigung?"

Jack und Lucy drehten sich um. Vor ihnen stand ein kräftig gebauter, junger Mann, der schwer bepackt war. Jack kannte ihn, da war er sich sicher. Er hatte ihn irgendwo schon einmal gesehen. Aber wo nur?

„Hi, ich bin Chuck, Chuck Vanderwall, und ich wollte hier Urlaub machen. Na ja, dies ist ein bekanntes Fischerdorf, und ich habe gehört, dass es hier eine Gaststätte gibt. Das Shiver Inn. Dort wollte ich mit meinen Leuten vielleicht übernachten. Wisst ihr, wie ich da hinkomme?"

„Sie sind Chuck Vanderwall? Der, der meinen, äh, William Afternoon gefangen hat?"

Lucy sprang vom Felsen zu Chuck auf den Steg und begutachtete ihn neugierig.

„Ja, der bin ich."

Chuck lächelte sie freundlich an.

„Und ihr seid?"

Er sah auffordernd zu Jack.

„Ich bin Jack, und das ist Lucy. Und ja, wir können Sie zum Shiver Inn führen, wir wohnen nämlich über die Tage auch dort."

„Das ist großartig, vielen, vielen Dank! Ich sag nur noch schnell den anderen Bescheid, dann können wir los."

Es waren insgesamt drei Personen, die Chuck noch mitgebracht hatte. Daniel war klein und etwas rundlich. Er hatte einen langen, roten Vollbart und eine vom Wein knallrot gefärbte Nase. Dann noch Lewis, er war jünger, vielleicht drei oder vier Jahre älter als Jack. Sein Haar war von einem schönen Kastanienbraun, und er war groß und schlaksig. Und zu guter Letzt Bellamy, ein lustiger und kräftiger Mann, im selben Alter wie Lewis, so schätzte Jack. Sie alle trugen schwere Rucksäcke und Taschen mit sich, aus denen jeweils eine Angel heraushing. Eigentlich machten sie genau so wenig wie Jack und seine Freunde den Eindruck, als könnten sie sich eine Übernachtung im Shiver Inn leisten. Irgendwie mussten sie an Geld gekommen sein.

„Wie lang habt ihr vor zu bleiben?"

Lucy unterhielt sich schon den ganzen Weg über angeregt mit den vieren und schien sich bestens mit ihnen zu verstehen.

„Nicht lang, ne Woche vielleicht. Wenn es uns gut gefällt, dann womöglich auch zwei."

Bellamy lachte laut und ließ sich dann völlig erschöpft mitten auf den Waldboden fallen.

„Ich kann nicht mehr, ich glaub, ich muss mehr Sport machen."

Er kramte in seiner Tasche und zog schließlich eine Flasche Bier heraus.

„Es ist gar nicht mehr weit, wir müssen bloß noch...äh?"

Lucy schaute sich fragend um.

„Nur noch eine Schlucht runter", vollendete Jack für sie den Satz und erntete dafür ein dankbares Lächeln.

„Komm schon, Belly, wir dürfen jetzt nicht aufgeben, wir haben es schon so weit geschafft!"

Daniel half Lewis, den sich weigernden Bellamy wieder auf die Füße zu ziehen, und langsam trotteten sie hinter Jack und Lucy die Treppe zum Shiver Inn hinunter.

„Onkel M, Mum, das sind Bellamy, Daniel, Lewis und Chuck, ja DER Chuck, Chuck Vanderwall."

Lucy strahlte über ihr ganzes hübsches Gesicht.

„Freut mich sehr, Sie kennenzulernen."

Michael und Mary schüttelten jedem die Hand.

„Wir würden gern für ein oder zwei Wochen bei Ihnen wohnen. Ich hoffe, das geht auch ohne Voranmeldung."

„Natürlich, natürlich, ich freue mich sehr über Gäste. Kommen Sie doch rein, wir besprechen alles Nötige drinnen", unterbrach Michael Chuck und ließ Lucy und Jack draußen vor der Tür stehen.

„Ich freue mich für ihn, Michael scheint sehr glücklich zu sein."

Lucy ließ sich ins Gras fallen.

„Wie, glaubst du, ist das Blut auf den Felsen gekommen?"

Jack setzte sich neben sie.

„Ich glaube, jemand wurde geschubst. Und ich glaube, dass es kein Tier war."

Jack nickte.

„Ich habe Angst um Alex und Charlie. Wenn sie nicht bald zurückkommen, dann ist zu befürchten, dass einem von ihnen das Blut auf dem Felsen gehört."

Lucy ließ traurig den Kopf hängen.

„Hey, das darfst du nicht denken. Ich glaube, dass wir uns alle viel zu große Sorgen machen, und Charlie und Alex gerade auf einer wunderschönen Wiese sitzen und reden, oder so."

Jack legte tröstend einen Arm um sie.

„So wie wir."

Sie lehnte sich an Jack.

„Ich habe noch nie so einen Menschen wie dich getroffen, du bist unglaublich."

Lucy sah ihm tief in die Augen.

„Wäre ja auch komisch, wenn es mich doppelt gäbe."

Jack fühlte sich nicht wohl. So nah war er Lucy noch nie gewesen. Sie lachte, und urplötzlich legte sie ihre Lippen auf seine. Jack wich erschrocken zurück.

„Was sollte das denn werden? Du weißt ganz genau, dass ich mit Becca zusammen bin!"

Er stand auf und ließ die verdutzte Lucy ohne einen Blick zurück allein sitzen.

Elftes Kapitel

Ein Loch ist im Kopf

„Und arrivederci, grüner Mann!"

Mit lautem Gelächter stieß Bellamy Jeremys Figur vom Spielbrett. Es war kurz vor zwölf, und Jack, Becca, Chuck, Bellamy, Lewis und Jeremy spielten schon zum zweiten Mal eine Runde Mensch-ärgere-dich-nicht.

„Och nö, schon wieder an derselben Stelle!"

Jeremy stellte seine Figur missmutig wieder zum Startfeld.

„Tja, du bist es wohl nicht gewohnt zu verlieren."

Bellamy ließ den Würfel abermals über den Tisch rollen.

„Nein!"

Becca schlug wütend auf den Tisch.

„Du haust ja echt alle raus!"

„Tja, Schätzchen, das ist jeden Tag aufs Neue mein Ziel. Und ich kann es fast jedes Mal erreichen. Wo ist eigentlich Daniel?", fragte er schließlich, an Chuck und Lewis gewandt.

„Ich glaube, er hat sich in seinem Zimmer eingeschlossen."

Bellamy sah Lewis ungläubig an, doch dieser zuckte bloß mit den Schultern.

„Er ist in letzter Zeit immer so komisch drauf."

Chuck nahm den Würfel entgegen. Bellamy nickte.

„Ich glaube, er ist einfach nur ein Hosenschisser. Als wir uns mal alle in unserer Runde gegenseitig gefragt haben, wovor wir uns am meisten fürchten, da hat er gesagt, er fürchtet sich am meisten vor dem Tod, haha."

„Stimmt, und du hast gesagt, die größte Angst hättest du vor einer Ziege, die auf der Wiese neben dem Haus deiner Großeltern steht. Wie hieß die noch mal?"

Lewis grinste Bellamy fragend an.

„Ach die, ähm... Mrs. Blümeldü-Blümeldei, die Gru-selige."

Jack, Becca, Jeremy, Lewis und Chuck prusteten los.

„Lacht nicht, den Namen hab' ich ihr gegeben!"

Bellamy verschränkte gekränkt die Arme vor der Brust.

„Du bist echt der kreativste Mensch, den ich kenne."

Jeremy schlug ihm anerkennend auf die Schulter.

„Das höre ich nicht zum ersten Mal, trotzdem danke für das Kompliment."

Bellamy griff großzügig in die schon halb leere Chips-Tüte und ließ alle auf einmal in seinem Mund verschwinden.

„Wie wäre es, wenn wir wieder so eine Runde machen, na, vor was man sich am meisten fürchtet. Oder wie heißt dieses Spiel noch mal?"

Lewis sah Chuck fragend an.

„Du meinst Wahrheit oder Pflicht?"

Lewis nickte.

„Finde ich gut. Ich fange mit Fragen an, und ich nehme...Jack! Wie wär's mit dir, was nimmst du?"

„Wahrheit!"

Jack hoffte insgeheim, dass sich die Frage weder auf Lucy noch auf Becca beziehen würde. Er hatte schon die ganze Zeit darüber nachgedacht, ob er Becca von dem Kuss erzählen sollte. Schließlich war er zu dem Ent-schluss gekommen, es ihr zu verschweigen, schließlich war es ja nichts von Bedeutung.

„Okay... ich weiß, die Frage ist nicht besonders kreativ, aber es interessiert mich irgendwie. Wie viele Mädchen hast du schon geküsst?"

„Ernsthaft jetzt?!"

Becca sah ihn empört an.

„Ähm... zwei."

Jack schluckte. Wenn Bellamy jetzt fragen würde, wen, würde das mit Lucy sehr falsch rüberkommen.

„Okay, du bist dran."

Bellamy lehnte sich lächelnd zurück und Jack atmete erleichtert auf.

„Ich nehme Becca, Wahrheit oder Pflicht?"

Jack sah sie fragend an.

„Auch Wahrheit," sagte sie, ohne mit der Wimper zu zucken.

„Was ist das Peinlichste, das dir je passiert ist?"

Becca grinste.

„Oh, das war, als ich mit..."

Die Tür wurde aufgeschlagen und Becca verstummte abrupt, als sie sah, wer eintrat. Es war Alex, und in seinen Armen hing, die Augen fest geschlossen, Charlie.

„Charlie!"

Becca sprang von der Bank auf und rannte auf Alex und ihren Bruder zu. Auch Jack näherte sich den beiden. Alex hatte von Tränen verquollene Augen, und an seinen Händen und seinen Kleidern klebte frisches Blut. Mit Jacks Hilfe verfrachtete er Charlie auf das kleine, schwarze Sofa, das an der Rezeption stand.

„Oh mein Gott!"

Becca schrie auf, als sie das viele Blut sah, das Charlies gesamte linke Gesichtshälfte verdeckte.

„Oh mein Gott!"

Sie ließ sich neben Charlie fallen, und nun sah es auch Jack: In Charlies Kopf war ein Loch, ein richtiges Loch, aus dem sich Blut in großen Mengen ergoss. Es war nur klein und doch durch die roten Locken deutlich zu sehen. Alex war auf dem Boden zusammengesunken, und Chuck überreichte ihm fassungslos sein Wasserglas.

„Wie-ist-das-passiert?!", schrie Becca den weinenden Alex ebenfalls unter Tränen an.

„Wir waren am Steg...er, er wurde geschubst, von einem dummen Jungen. Von einem sehr dummen Jungen. Ich, ich wusste nicht, ich kann nicht, ich..."

Ein lauter Schluchzer drang aus Alex' Kehle.

„Wir müssen Hilfe holen!"

Michael und Mary waren zu ihnen getreten.

„Bitte, er muss wieder aufwachen, Dad, sag, dass er wieder aufwacht!"

Michael versuchte mit allen Kräften, Alex von Charlie fortzuziehen.

„Er wird wieder, bitte beruhige dich doch. Ich verspreche dir, dass er wieder aufwachen wird. Du bist komplett fertig. Wir regeln das, aber bitte Alex, du musst..."

„Du hast mir nicht zu sagen, was ich muss, ich muss bei ihm bleiben, ich bin sch...ich bin, er braucht mich, du verstehst das nicht, ich liebe ihn!"

Alex stieß seinen Vater von sich und ließ sich wieder neben Charlie sinken.

„Was heißt das? Du liebst ihn? Ihr seid zusammen?"

Jeremy fand als erster seine Sprache wieder.

„Ja, sind sie, schon seit einigen Tagen."

Jack konnte seinen Blick nicht von Charlies Wunde wenden. Lucy hatte recht gehabt. Es war Charlie, der auf den spitzen Stein geschubst worden war. Wo war sie überhaupt?

„Ich muss Euch bitten, unverzüglich in Eure Zimmer zu gehen. Das ist zu viel Aufregung am späten Abend."

Michael schob Bellamy, Chuck, Lewis, Jack und Jeremy aus der Tür. Auch Becca wollte er hinausschieben, aber sie kreischte so laut und trat und schlug so lange um sich, bis er aufgab. Wer war dieser dumme Junge gewesen, von dem Alex gesprochen hatte? Und wieso hatte er Charlie überhaupt geschubst? Hatte er sich mit irgendwem geprügelt? Aber warum?

„Irgendwie, warum auch immer, hatte ich geglaubt, dass, wenn Afternoon gefangen ist, alles besser wird. Aber es wird eher alles noch schlimmer."

Jack verabschiedete sich von Jeremy, Bellamy, Lewis und Chuck und verschwand in seinem Zimmer. Er konnte nicht aufhören, an den bewusstlosen Charlie zu denken. Er hatte tatsächlich ein Loch im Kopf! Jack hatte bis zu diesem Zeitpunkt nicht einmal gewusst, dass so etwas überhaupt möglich ist.

„Jacky, ich kann nicht schlafen. Ich habe Becca und Alex schreien gehört. Ist etwas Schlimmes passiert, haben sie sich gestritten?"

Theo kletterte noch im Halbschlaf in sein Bett und zog sich Jacks Bettdecke bis über die Nasenspitze.

„Na ja, Charlie...hat sich mit einem anderen Jungen gestritten, und jetzt ist er ohnmächtig und hat ein ähm...Loch im Kopf. Ist aber nicht so schlimm, du musst dir keine Sorgen machen. Jetzt ist nicht der richtige Zeitpunkt für dunkle Gedanken."

Jack fuhr Theo zärtlich durch die schwarzen Locken.

„Ein Loch im Kopf?"

Theo kicherte.

„Geht das überhaupt?"

„Das habe ich mich auch gefragt."

Jack nahm ihn in den Arm und sah ihm zu, wie er mit einem Lächeln im Gesicht einschlief. Dann schloss auch er die Augen.

Er war in einem dunklen Raum. Er konnte, außer einer schwarzen Silhouette vor sich, nichts erkennen. Afternoon, da war er sich sicher. Seine Schritte waren unkontrolliert, er spürte seine Beine nicht mehr, spürte nicht mehr, wie er sie bewegte. Sie machten ihr eigenes Ding, und es war unmöglich, sie aufzuhalten und nicht Afternoon nachzugehen.

Plötzlich hielt die schwarze Gestalt vor ihm an. Sie waren an einer Tür angelangt, die bis hoch oben an die Decke reichte. Afternoon entzündete eine Kerze und drehte sich zu ihm um.

„Ich habe, weil du mir gefolgt bist, ein Geschenk für dich."

Er stieß die knarzende Tür auf, so weit, dass sie beide hindurchgehen konnten. Es war eine Wohnung, die sie betraten. Schnell lief er einen kurzen Gang entlang bis zu einer weiteren Tür, die halb offenstand. Afternoon blieb an der Tür stehen. Vorsichtig stieß er sie auf. Seine Mutter saß auf einem Sessel, der mit feinstem rotem Samt bezogen war. Ihre Füße lagen auf einer dazu gehörigen Liege. Zwei Mädchen massierten ihr die Füße, während ein Junge ihr Luft zu fächerte.

Er verzog den Mund voller Abneigung und lief mit schnellen Schritten auf sie zu.

„Wir waren ganze 14 Jahre allein, du hast uns ganze 14 Jahre allein gelassen, ohne uns ein Lebenszeichen von dir zu geben. Du bist einfach abgehauen! Du hast nur an dich gedacht! Vielleicht wäre es für Dad einfacher gewesen, wenigstens zu wissen, dass Du noch lebst, und dass er sich um dich keine Sorgen machen muss, dass du bereit bist, einen 14-jährigen Jungen aufzunehmen, wenn sein Vater plötzlich erschossen wird! Aber nein, NICHTS! Ich dachte, vielleicht bist du ja nicht erreichbar, weil es dir nicht gut geht oder weil du zu einer lebenslangen Haftstrafe verurteilt wurdest, aber nein, du sitzt hier und führst dich auf wie eine Königin. Es geht dir mehr als gut, ich hasse dich!"

Er schrie sie an, doch sie zeigte keine Reaktion. Sie nahm einem ihrer Diener ein Cocktail-Glas aus der Hand, nippte kurz daran und nahm sich dann einen Pfeil aus einem Korb. Er sah sich um, er stand genau vor einer Zielscheibe. Sie warf den Pfeil, und er traf ihn mitten ins Herz.

Schweißgebadet fuhr Jack aus seinem Traum hoch. Sein Herz klopfte wie wild, und er hatte die Hände zu Fäusten geballt. Der Traum war unrealistisch und gleichzeitig schrecklich real gewesen. Denn was wäre, wenn er seine Mutter finden, sie ihn aber nicht erkennen würde? Er hatte keine Beweise, dass er Jack war, ihr Sohn. Er könnte einzig und allein sagen, dass Antony Emilian Evans sein Vater gewesen war.

Er durfte nicht durch diese dunkle Tür aus seinem Traum gehen, denn dann würde all das Schreckliche geschehen, was er dort gesehen hatte. Ihm wurde schmerzhaft bewusst, dass die Wut auf Afternoon bereits Kontrolle über ihn bekommen hatte, und zwar zu viel, viel zu viel, und wenn er es nicht schaffte, sich davon zu befreien, dann würde ihn das ins sichere Verderben treiben.

Zwölftes Kapitel

Der Geheimgang

Noch immer verstört lief Jack die Treppe nach unten. Sein dicker Verband, den er um die Schusswunde trug, und mit dem es ihm möglich war, auch ohne Krücken zu laufen, hatte sich etwas gelöst. Das musste Michael gleich nachbessern. Heute war kein Stimmengewirr zu hören, als er nach unten in den Eingangsbereich trat. Es war anscheinend noch sehr früh, denn niemand außer Becca, die offenbar die ganze Nacht an Charlies Seite verbracht hatte, war wach. Schnell lief er zu ihr.

„Hey."

Jack ließ sich zu Becca auf den Boden fallen und drückte ihr zur Begrüßung einen Kuss auf die Stirn.

„Morgen", murmelte sie schlaftrunken.

Becca hatte tiefe Augenringe, und ihr Gesicht war gespenstisch bleich.

„Hast wohl nicht so viel geschlafen, hm?"

Jack strich ihr durch das rote, zerzauste Haar.

„Nee. Du siehst aber auch nicht gerade erholt aus."

„Albtraum", sagte Jack nur missmutig und ließ seinen Blick zu Charlie schweifen. Er hatte einen dicken Verband um den Kopf, und seine Hände, Arme und Beine hingen an komischen Kabeln und Geräten.

„Der Arzt war also schon da?"

Becca nickte.

„Ja, er kommt heute noch einmal, um Charlie zu behandeln. Charlie muss operiert werden. Ich will wissen, wer ihn auf diesen Stein geschubst hat. Ich würde ihm liebend gerne eine reinhauen!"

Jack lachte.

„Ich glaub, du solltest jetzt erstmal schlafen. Du warst die ganze Nacht wach."

Becca legte sich in Jacks Schoß.

„Dann musst du mir aber erzählen, worum es in deinem Albtraum ging."

„Oh, das willst du nicht wissen!"

Becca hatte die Augen geschlossen, und nach ein paar Minuten war sie eingeschlafen.

„Guten Morgen... was ist die Mehrzahl von Sonnenschein, Sonnenscheins?"

Jeremy setze sich zu Jack und strich der schlafenden Becca zärtlich über den Kopf.

„Die hat wohl nicht so viel geschlafen..."

Jack schüttelte den Kopf.

„Im Gegensatz zu ihr siehst du richtig wach, fröhlich und erholt aus, kommt mir das jetzt nur so vor oder ist irgendwas passiert?"

„Mir? Äh nein!"

Jeremy grinste in sich hinein.

„Jer?"

Jack sah ihn auffordernd an.

„Na gut. Also, ich bin gestern Abend so den Gang zu meinem Zimmer entlanggelaufen, so komplett deprimiert, wegen Charlie und so, und dann komm ich in mein Zimmer, und wer sitzt da auf meinem Sessel? Lucy! Ich bin so zu ihr hin und sag so `Hey Lucy, alles klar?´, und sie dann so `Mein Leben ist gerade so kompliziert, und weil ich dachte, dass du so der lockerste und entspannteste Mensch hier bist, bin ich zu dir gekommen´".

Jeremy ließ seine Stimme eine Oktave höher klingen und versuchte, Lucys Stimme nachzuahmen, was ihm nicht so gut gelang, wodurch er Jack zum Lachen brachte.

„Und ich dann so: `Du kannst mir über alles reden´, und sie dann so `Danke Jer, du bist ein richtiger

Freund´, und dann komm ich so auf sie zu, um sie zu trösten, da küsst sie mich einfach."

Jeremys Grinsen wurde immer breiter.

„Wow cool, freut mich für dich."

Jack klopfte Jeremy grinsend auf die Schulter und kam zu dem Entschluss, ihm nichts von der Sache mit Lucy zu erzählen.

„Vielleicht ist heute mein Glückstag, und wir kommen vielleicht, vielleicht zusammen."

Jeremy sah verträumt in die Luft. Sein Blick streifte rüber zu Charlie.

„Der hat irgendwie nicht so viel Glück im Leben. Ist der immer noch nicht aufgewacht?"

„Nein, ist er nicht. Könntet ihr das Tablett zu Becca stellen?"

Michael überreichte Jack ein fein gedecktes Tablett.

„Hä, wieso bekommt *die* Frühstück ans Sofa und wir nicht?"

Jeremy nahm sich gekränkt eine Erdbeere aus einer Schüssel.

„Die schläft doch eh noch, da kann man sich ja wohl ein paar Erdbeeren nehmen. Oh ha, sind das vier Pancakes? Das ist definitiv zu viel für Becca. Die isst höchstens einen Pancake, wenn nicht noch weniger. Da kann man sich bestimmt auch drei, dreieinhalb nehm..."

„Ich bin wach, und ich esse viel."

Mit diesen Worten nahm sie Jeremy die drei Pancakes aus der Hand und stopfte sich einen nach dem anderen in den Mund.

„Und die Moral von der Geschicht´, unterschätz nie eine Becca nicht."

Jeremy sah neidisch zu, wie sie langsam aber sicher begann, das Tablett leer zu räumen.

„Jack, Jeremy, Becca! Ich muss euch bitten, jetzt zu gehen, Dr. Clapton ist für Charlie hier."

Schnell erhoben sich die drei und machten Platz für einen hoch gewachsenen Mann mit schulterlangem Haar. Becca krallte ihre Finger in den Stoff von Jacks Hemd, als Dr. Clapton begann, Charlies Körper mit dem Stethoskop abzufahren.

„Am besten, ihr geht jetzt. Meine Assistenten kommen gleich, und ihr könnt leider nicht dabei sein, wenn wir euren Freund operieren."

„Der blaue Flitzer rast um den Baum und mit einer Rekordgeschwindigkeit ins Ziel."

Jack saß bereits seit einer halben Stunde im Park vor dem Shiver Inn und spielte für den zum Rennfahrer gewordenen Theo Moderator. Jeremy war abgehauen, wahrscheinlich zu Lucy, und Becca war nach der Operation wieder zu Charlie gegangen. Bellamy, Chuck, Daniel und Lewis hatte er heute noch gar nicht gesehen, und so blieb ihm keine andere Wahl, als Theo zu beschäftigen, auch wenn ihm langsam der Spaß verging.

„Du bist jetzt schon 'ne ganze Stunde fast ohne Pause rumgerannt, sollen wir nicht langsam wieder rein?"

Jack erhob sich und lief zu dem im Gras liegenden Theo.

„Aber das macht soooo Spaß, wir können auch gerne was anderes spielen, wenn du keine Lust mehr hast. Wie wäre es mit Ritter und Pferde oder Drachen oder..."

„Theo, ich hab' noch was sehr Wichtiges zu erledigen. Vielleicht kannst du ja mal zu Becca und schauen, wie es Charlie geht. Ich glaube, so würde das ein echter Ritter machen."

Theo sprang auf.

„Okay, dann sehen wir uns beim Abendessen, tschüss Jacky!"

Jack sah Theo nach, wie er fröhlich nach drinnen sprang, dann folgte er ihm mit sicherem Abstand. Wenn er schon nichts zu tun hatte, konnte er ja vielleicht verhindern, dass sein Traum sich wiederholte und in Michaels Büro nach Informationen über seine Mutter suchen.

Leise schloss er die Eingangstür zum Shiver Inn hinter sich. Becca, Michael und Theo saßen am Bett des noch immer schlafenden Charlies und waren in ein anscheinend sehr angeregtes Gespräch vertieft. Also konnte er sich ungestört in den grünen Gang schleichen, von dem aus man in Michaels Büro gelangte. Vor der Zimmertür blieb er stehen. Er konnte Stimmen vernehmen, sie aber nicht zuordnen. Langsam drückte er die Klinke herunter und spähte durch die kleine Lücke in den Raum. Er war leer, womöglich hatte er sich die Stimmen nur eingebildet. Schnell betrat er das Zimmer. Überall auf dem gesamten Teppichboden waren Blätter, Ordner, Hefter und Bücher verteilt. Die dunkelgrüne Lampe war vom Schreibtisch ebenfalls auf den Boden geschmissen worden und in tausend Teile zerbrochen. Alle Schubladen und der gesamte Schreibtisch waren geleert, bis auf ein Bild von Alex und Michael.

Jack kniete sich auf den Boden und begann, die Papiere wieder einzusammeln. Nach Informationen über seine Mutter zu suchen, konnte er jetzt wohl vergessen. Müde ließ er sich auf den rot samtenen Ohrensessel fallen. Es würde Tage dauern, hier wieder richtig Ordnung zu schaffen.

Plötzlich schrak Jack auf. Was, wenn wirklich Personen hier drin gewesen waren und ebenfalls etwas gesucht hatten, oder noch schlimmer, was, wenn sie sich noch hier irgendwo versteckten? Das würde jedenfalls das Stimmengewirr und die Unordnung erklären, und was, wenn sie ihn gerade beobachteten!

Jack erhob sich blitzschnell aus dem Sessel und griff nach einer grünen Scherbe. Nur für den Fall, dass es tatsächlich Einbrecher waren, die irgendwas gegen Michael oder Alex in der Hand hatten. Er lief ein paar Schritte auf das Bett zu und legte sich dann auf den Boden, um darunter zu schauen, nichts. Sollten diese Leute ihm gerade zuschauen, so machten sie sich wahrscheinlich lustig über ihn.

Er lief weiter zu einer in einer dunklen Ecke stehenden Pflanze und sah hinter den großen Blumenkübel, wieder nichts. Krampfhaft überlegte Jack, wo er sich verstecken würde, müsste er schnell Zuflucht suchen. Vielleicht hinter dem großen Schrank? Er stand nahe dem Schreibtisch, und man konnte blitzschnell dahinter schlüpfen, ein perfektes Versteck.

Jack schob den Schrank etwas beiseite. Doch es war nicht, wie zu erwarten, eine Wand dahinter, sondern ein Gang, ein Geheimgang?

Jack wollte gerade einen Fuß in den Tunnel setzen, als er eine Stimme vernahm.

„Jack? Was zum...“

Blitzschnell schoss Jack hinter dem Schrank hervor.

„Äh, ja?“

„Verdammte Scheiße, warst du das?“

Bellamy sah empört um sich.

„Nein! Nein, das war ich nicht!“

„Ja klar, und ich bin William Afternoon. Wer soll es denn sonst gewesen sein? Es gibt bloß einen Eingang ins Shiver Inn, und wenn jemand Fremdes hier ankommt, muss der doch erstmal eingewiesen werden und so. Hier kommt niemand so einfach rein."

Bellamy begann, ein paar Ordner vom Boden aufzuheben.

„Aber ich war es wirklich nicht!"

„Jaja, ich weiß schon, es war der Wind, der Wind, das himmlische Kind, schon klar!"

Bellamy legte einen Arm um Jack.

„Komm, wir sagen Michael Bescheid."

„Aber ich war das wirklich...", setzte Jack noch einmal an, aber Bellamy ließ ihn nicht zu Ende sprechen.

„Dein Geheimnis ist bei mir sicher, versprochen. Wir sagen einfach äh... dass wir nicht wissen, wer das war. Okay? Ähm Jack, sag mal, was hast du noch mal gesagt, warum du in Michaels Büro warst?"

Bellamy führte Jack geradewegs aus der Tür.

„Hm? Meinst du mich? Ach so, ja klar meinst mich, also ich äh, ich hatte Theo versprochen, mit ihm einen Ritter zu...malen, äh, und dafür brauchte ich gutes...Papier, genau, gutes Papier."

Jack war kurz davor, sich selbst eine Backpfeife für diese schlechte Ausrede zu verpassen. Bellamy lachte spöttisch.

„Wenn ich dir einen Tipp geben darf: Ziehe niemals in Erwägung, Schauspieler zu werden."

Jack versuchte, Michael nicht in die Augen zu sehen, als sie ihm die Sache mit seiner Wohnung berichteten. Es war klar, alle hielten Jack für den Unruhestifter, schließlich hatte Bellamy ihn in Michaels Büro entdeckt und nicht umgekehrt. Apropos, was wollte Bellamy eigentlich dort?

„Ja, das ist natürlich äußerst ärgerlich. Vielleicht waren es ein paar Leute, die etwas gegen mich in der Hand haben...wisst ihr, das ist schon mal passiert, aber das war noch zu der Zeit, als alle dachten, ich würde William in meiner Scheune verstecken. Da sind Leute aus der Stadt aus Wut, eben weil sie dem Gerücht geglaubt haben, bei mir eingebrochen und haben das gesamte Hotel verwüstet. Habt ihr gesehen, ob eine Fensterscheibe eingeschlagen war? Oder...Oh Gott, was, wenn sie sich noch immer darin verstecken?"

Michael schien noch nicht mal in Erwägung zu ziehen, Jack für die Unordnung verantwortlich zu machen.

„Die Sorge hatte ich auch", pflichtete Jack schnell bei und strich sich hastig durch sein Haar.

„Hm...wir müssen sofort die Polizei holen."

Michael kratzte sich am Hinterkopf.

„Nein, das ist nicht nötig. Ich, Chuck, Lewis und Daniel können uns mal umschauen."

Bellamy zwinkerte Jack grinsend zu.

„Das wäre toll, dann kann ich mir Jacks Verband vornehmen."

Bellamy verabschiedete sich von Jack und Michael, um die Jungs zusammenzutrommeln und einen Suchtrupp zu organisieren. Müde ließ Michael sich auf das schwarze Sofa im Foyer fallen, und Jack überreichte ihm schweigend den Arztkoffer und setzte sich dann neben ihn.

„So, dann schauen wir mal."

Jack stülpte seine Jeans nach oben, so dass Michael vorsichtig den Verband abziehen konnte.

„Jack, ich denke, Bellamy glaubt, dass du das in meiner Wohnung warst, aber ich weiß, was du in meinem Büro gewollt hast. Du wolltest weitere Informationen über deine Mutter finden, hab' ich recht?"

Jack nickte langsam.

„Ja."

Michael überreichte Jack eine Creme, damit er sie auf seine Wunde auftrug.

„Ich will einfach Antworten finden. Sie ist gegangen, als ich noch nicht mal ein Jahr alt war!"

Jack gab Michael die Creme zurück, und dieser begann, den neuen Verband um sein Bein zu wickeln.

„Ich verstehe dich, und du wirst Antworten finden, versprochen."

Michael befestigte den Verband und kramte dann in seiner Jackentasche nach etwas. Schließlich zog er eine Tablettendose heraus.

„Hier, damit wird dein Bein noch schneller gesund, jeden Abend eine, und immer schön viel trinken."

Michael klopfte ihm zum Abschied auf die Schulter und erhob sich dann.

„Okay, wir sehen uns", rief Jack ihm noch hinterher, dann erhob er sich ebenfalls und lief die Treppe hinauf in sein Zimmer.

Dreizehntes Kapitel

Dornröschen

Jack saß auf seinem Bett und grübelte, wann wohl die beste Zeit wäre, sich noch einmal in Michaels Wohnung zu schleichen, um den Tunnel zu erkunden. Er hatte den anderen noch nichts von dem geheimen Gang hinter Michaels Schrank erzählt, wollte es aber tun, sobald alle zusammen waren. Jeremy war nämlich noch immer weg, und Becca war neben Charlie eingeschlafen. Es war 18:00 Uhr, er musste die Medikamente einnehmen, die Michael ihm gegeben hatte. Er lief zum Bad und füllte ein Glas mit Wasser, dann ließ er sich wieder auf sein Bett fallen und nahm die Dose zur Hand.

Mit einem Klicken war sie geöffnet, doch es lagen nicht wie erwartet Tabletten darin, sondern Zettel. Jack nahm verwundert den ersten heraus und entfaltete ihn.

‚Du willst Antworten? Auf den nächsten drei Zetteln wirst du die Geschichte deiner Mutter lesen, wie ich sie erlebt habe.'

Jack warf den ersten Zettel hinter sich und griff den mit der Nummer 1 versehenen Zettel aus der Dose.

‚Ich war 13 oder 14 Jahre, da brachte mein Bruder ein Mädchen mit nach Hause. Er war damals 12 Jahre, und das Mädchen, das er mitbrachte, schätzungsweise 11. Er streunte oft in der Gegend und schwänzte die Schule. Unsere Eltern waren dann immer sehr verärgert über ihn, aber du glaubst nicht, wie mein Vater ausrastete, als William ein Straßenkind mit nach Hause brachte. Er wollte sie schon vor die Tür stoßen, aber William setzte sich stark für sie ein. Er sagte, wenn wir sie bei uns aufnähmen, dann würde er sogar zur Schule gehen, regelmäßig seine Hausaufgaben machen, im Haushalt helfen,

nur noch mit Erlaubnis rausgehen und nie wieder einfach so verschwinden und so weiter. *Wir hatten ein großes Haus, und es hätten noch locker zwei Großfamilien darin Platz gefunden, so willigten unsere Eltern schließlich ein. Das Mädchen machte sich schnell beliebt in der ganzen Familie. Sie war freundlich, lustig, auch ein wenig schüchtern, und sie wusste immer, wann man bei Witzen meiner Eltern zu lachen hatte. Meiner Mutter gefiel ihre aufgeschlossene und freundliche Art, und sie mochte ihren Namen sehr. Laynia. Und mein Vater mochte ihren Humor. Und ich... ich mochte einfach alles an ihr. Ihr pechschwarzes, seidig glänzendes Haar, das ihr bis zur Taille reichte, ihre olivgrünen Augen, ihr Lachen, ihre Art, einfach alles. Ja, schon nach wenigen Tagen, nachdem sie bei uns eingezogen war, hatte ich mich in sie verliebt.'*

Der Zettel war zu Ende, und Jack kramte schnell den nächsten hervor.

‚Die Jahre vergingen, und Laynia wurde mit jedem Jahr schöner. Ich war 17 Jahre, als mein Bruder und sie zusammenkamen. Ich war damals furchtbar wütend und wollte nichts mehr mit William oder Laynia zu tun haben. Erst zwei Jahre später, als sie sich trennten, bekam ich wieder etwas mit. Laynia war damals völlig verzweifelt und ich kümmerte mich um sie. Wir wurden noch bessere Freunde, als wir es ohnehin schon waren. Doch mein Bruder wurde eifersüchtig, und wir stritten uns furchtbar. Eines Abends beobachteten William und ich, wie Laynia sich aus dem Haus nach draußen schlich. Wir folgten ihr mit sicherem Abstand. Sie lief zu einer Brücke und traf sich dort mit einem Jungen, der ihr einen prall gefüllten Rucksack übergab. Wie ich später

herausfand, handelte es sich bei dem Jungen um nie-
mand anderen als Jacob Waadter, den Bruder von
Mary. Aus einem unbekannten Grund wollte sie an-
scheinend fort von uns und bat Jacob um Hilfe, der sie
sehr wahrscheinlich zu dem Camp seines Vaters
brachte, wo sie dann auch deinen Vater kennenlernte.
Also so zumindest habe ich es mir zusammengereimt.'

Jack zog den letzten Zettel aus der Dose.

‚Ich weiß nicht, wo Laynia sich befindet, wirklich, aber
ich weiß, dass sie vor 15 Jahren noch einmal Kontakt
zu William hatte. Und vielleicht ist sie ja noch immer
in seiner Nähe... Ich hoffe, ich konnte dir weiterhelfen.
Michael'

Jack schluckte schwer. Seine Mutter war nicht nur mit
William Afternoon befreundet, sondern sogar mal mit
ihm zusammen gewesen. Und sie hatte in dem Jahr, in
dem er geboren war, noch einmal Kontakt zu ihm aufgenommen und war dann spurlos verschwunden, das
konnte kein Zufall sein! Wütend zerknüllte er den Zettel
und warf ihn in eine Ecke des Zimmers. Michael hatte
ihm zwar weitergeholfen, doch auch er wusste nicht, wo
sie sich heute befand, oder...oder ob sie überhaupt noch
lebte.

„Er ist wach, Charlie ist WACH!"

Beccas Stimme ließ ihn aufschrecken. Blitzschnell
stand er auf und rannte nach unten. Alle standen um das
Sofa herum, auf dem Charlie seit Stunden schlafend und
nicht ansprechbar gelegen hatte. Mühsam drängte Jack
sich nach vorn, um einen Blick auf ihn zu werfen. Und
tatsächlich, Charlie lag mit geöffneten Augen auf dem
Sofa und lächelte verschmitzt in die Runde.

„Dornröschen ist tatsächlich aus ihrem Schlaf erwacht! Alter, du glaubst nicht, wie krasse Sorgen wir uns um dich gemacht haben!", ergriff Jeremy als erster das Wort und wischte sich eine Freudenträne von der Wange.

Jack legte einen Arm um Becca, die auf der Sofakante saß und weinte.

„Wieso habt ihr euch Sorgen um mich gemacht, ist was passiert?"

Charlies Stimme war etwas rau, aber erst jetzt merkte Jack, wie sehr er sie vermisst hatte.

„Charlie...kannst du dich etwa an nichts mehr erinnern?"

Becca schniefte, und Lucy reichte ihr ein Taschentuch. Vielleicht würden sie sich ja doch noch anfreunden.

„Äh, an was erinnern?"

Charlie sah fragend in die Runde.

„Irgendwie kommt es mir so vor, als hätte ich was verpasst. Ich weiß nicht warum aber..."

Jack lachte.

„Du kannst dich echt an nichts erinnern? Ich fürchte, dann wird es schwer, dem Jungen, der ihn geschubst hat, eine reinzuhauen, Becca."

Becca lächelte.

„Es ist gut, dass er sich nicht daran erinnert. Hauptsache, er weiß noch, wer wir sind. Zähl mal alle Namen hier auf, Charlie!"

Charlie antwortete nicht. Seine Miene hatte sich verdunkelt, und er schien komplett in sich gekehrt. Schließlich schüttelte er den Kopf und lächelte Becca entschuldigend an.

„Sorry, ich dachte, ich erinnere mich an etwas, aber...doch nicht."

„Es gibt Essen, ihr könnt ja den Tisch nah an Charlie ran schieben."

Michael stellte zwei große Tabletts auf den Tisch. Er war in den letzten Tagen immer sehr ruhig gewesen und hatte sich nicht viel an den Gesprächen beteiligt, die während der Essen stattgefunden hatten. Womöglich deshalb, weil Alex noch immer nicht wieder aufgetaucht war. Er schickte Michael zwar regelmäßig Nachrichten, dass es ihm gut gehe und dass er bald zurückkommen würde, er aber im Moment noch etwas Zeit brauche, um sich von den Geschehnissen zu erholen. Aber Michael wegen Alex anzusprechen, hatte Jack noch nicht gewagt, denn als Lewis es probiert hatte, war er anscheinend total ausgeflippt.

Jack setzte sich zu den anderen an den Tisch. Jeremy hob sein Glas in die Mitte und eröffnete mit einem: „Auf das erwachte Dornröschen" das Essen.

„Gute Nacht."

Becca küsste Jack und verschwand dann in ihrem Zimmer. Fröhlich stieß Jack seine Zimmertür auf und knipste das Licht an. Er ließ seinen Blick zu Theo wandern, der selig lächelnd in seinem Bett lag und tief und fest schlief. Er drehte sich zu dem großen Fenster um und erschrak. Eine Gestalt saß auf der breiten Fensterbank, das Gesicht bleich wie die Wand, mit dunklen Ringen unter den Augen und das blonde Haar zerzaust und verdreckt.

„Alex", wisperte Jack ängstlicher als gewollt und ließ sich auf einen Sessel nah der Fensterbank fallen.

Alex betrachtete ihn aus seinen müden, blau-grünen Augen eine gefühlte Ewigkeit von oben bis unten, immer und immer wieder. Schließlich sagte er:

„Wir sind uns ähnlicher, als ich gedacht habe."

Jack sah ihn verwundert an.

„Hä?"

„Ich meine nur, wir haben viel gemeinsam."

Alex fuhr sich müde über sein Gesicht.

„´tschuldigung, aber ich check gerade überhaupt nichts mehr."

Jack betrachtete Alex. Er hatte schwarzes Haar, Alex blondes, er hatte braune Augen, Alex hatte blau-grüne Augen, die Figur...die war ähnlich. Alex war nett, etwas arrogant, ein wenig schüchtern, aber auch mutig. Und er war...anders, komplett anders. Kurz gesagt, Jack konnte überhaupt nicht verstehen, welche Gemeinsamkeiten Alex meinte.

„Ich weiß nicht, wo ich anfangen soll...vielleicht hiermit. Ich weiß, dass du, seit du hier bist, nach Informationen über deine Mutter suchst. Meine Mutter ist genau wie deine kurz, nachdem ich geboren wurde, verschwunden, und ich, ich suche eigentlich schon mein ganzes Leben nach ihr. Na ja, ich hab' da neulich so einen Mann getroffen, der wusste was über sie, also meine Mutter. Er hat mir das hier gegeben."

Mit diesen Worten zog Alex einen zusammengefalteten Zettel aus seiner Hosentasche und reichte ihn Jack.

„Das ist eine Akte, oder? Deine Akte", folgerte Jack, nachdem er den Zettel aufgefaltet und kurz überflogen hatte.

„Lies", forderte Alex und Jack begann.

GEBURTSURKUNDE

Standesamt	Jeacksonwill
Registernummer	775.23.356.981
KIND	
Ort/Tag der Geburt	St. Rose Hospital, Rose road Nr 15
	in Jeacksonwill/ 15.3.
Familienname	Afternoon
Vorname(n)	Alex Benjamin
MUTTER	
Familienname	Evans
Geburtsname	Packson
Vorname(n)	Laynia Rose
VATER	
Familienname	Afternoon
Geburtsname	Afternoon
Vorname(n)	Michael Adrian

Als er den Zettel das erste Mal überflogen hatte, war ihm durch den Kopf gegangen, eine Täuschung in der Hand zu halten. Doch als er ihn zum fünften Mal gelesen hatte, war ihm klar geworden, dass dies keine gefälschte Akte sein konnte. Und dann war er sich sicher, dass es keine Fälschung war, denn warum sollte Alex das tun, also, seine Akte fälschen?

„Es ist okay, wenn du jetzt nichts sagst. Als ich das gelesen habe, war ich auch sprachlos. Aber ich wollte, dass du weißt, dass ich dein, dein, also dass ich dein Halbbruder bin."

„Ich...also wir, wir sind Halbbrüder? Laynia ist unsere Mutter? Aber du bist ja nur wenig älter als ich, das heißt also, Laynia hat dich geboren, als sie schon mit meinem Vater verheiratet war. Wie bescheuert ist das denn! Und danach hat sie dich und deinen Vater wieder verlassen und ist zu meinem Vater zurückgekehrt, und dann bin ich geboren."

Alex nickte traurig.

„Ja, ich hatte keine Mutter. Ich hatte nur Michael, meinen Vater. Er allein hat mich großgezogen."

„Und sie hat mit Michael abgemacht, dass er sie vor dir geheim hält, da sie nicht wollte, dass mein Vater etwas davon erfährt, " schlussfolgerte Jack nüchtern weiter.

„Na, dann wäre das ja jetzt auch geklärt."

Alex wollte sich schon wieder aus dem Fenster schwingen, aber Jack hielt ihn zurück.

„Hau nicht schon wieder ab, Michael ist krank vor Sorge. Und ich glaube, auch die anderen würden sich freuen, dich wieder zu sehen. Oder...Charlie. Er ist wach."

Alex gab einen überraschten Laut von sich.

„Er ist wach?"

Jack nickte.

„Bleib hier, wir helfen dir, mit deinen Problemen klarzukommen. Das musst du nicht alleine durchstehen."

Alex lächelte ihn dankbar an.

„Danke, kleiner Bruder."

Alex klopfte Jack zum Abschied freundschaftlich mit der flachen Hand auf die Schulter, dann lief er aus dem Zimmer.

Vierzehntes Kapitel

Eiskalte Hände

„Und dann sind wir da so gelaufen, und auf einmal hat sie gefragt, ob wir zusammen sein wollen. Und ich so: JA!"

Jeremy saß an Charlies Seite und erzählte ihm, wie er mit Lucy zusammengekommen war.

„Also, ich finde, das ist ziemlich rund gelaufen bei mir und Lucy. Wenn du willst, kannst du denselben Trick, den ich bei ihr angewandt habe, auch für Alex nehmen."

Charlie sah ihn fragend an.

„Wer ist Alex?"

Jack durchfuhr ein Schauer. Wenn Charlie vergessen hatte, wer Alex war, und dieser gleich als Überraschung durch die Tür zu ihm spazieren würde... Jack konnte sich vorstellen, was das für ein Schock für seinen... Halbbruder wäre. Er hatte den anderen noch nicht erzählt, dass er Alex gestern Abend gesehen hatte. Und vor allem hatte er ihnen nicht erzählt, was der ihm gezeigt hatte. Wenn Alex sein Halbbruder war, was waren dann Michael, Mary und Lucy für ihn? Oder, oder Afternoon? Denn genau genommen war er ja ein wenig mit William Afternoon verwandt. War er sein Halbonkel? Gab es das überhaupt?

„Alex! Alex, mach das nie wieder! Hast du deinen alten Vater gehört?"

Alex war eingetroffen. Noch konnte nur Jack, der etwas näher an der Tür stand, ihn sehen. Michael hatte beide Arme um Alex geschlungen und nach Alex' Miene zu urteilen, war Michael gerade dabei, ihn zu erdrücken.

„Dad, du, du erdrückst mich!"

Michael ließ seinen Sohn nach einer Ewigkeit wieder los, Tränen in den Augen.

„Geh zu Charlie, na los, mach schon!"

Michael gab Alex einen Stoß in Richtung Sofa. Jacks Blick huschte blitzschnell zu Charlie, als Alex in sein Sichtfeld trat.

„Hi."

Alex sprach langsam und unsicher, denn Charlies Blick war noch leer, so, als müsse er sich erinnern, wer vor ihm stand. Plötzlich, sehr unerwartet, setzte Charlie sich auf. Seine Miene hatte sich verdunkelt, und er hatte die Hände zu Fäusten geballt.

„Verräter!", stieß er plötzlich hervor.

Erst geflüstert, doch dann brachen alle Emotionen aus ihm heraus, wie ein Orkan.

„Du bist ein verdammter Verräter! Vielleicht weißt du es nicht, oder es ist dir durch dein winziges Gehirn gesickert, aber wenn man vor der Wahl steht, seinen Freund oder einen Mörder zu schützen, entscheidet man sich für den Freund und schubst ihn nicht auf einen verdammten Felsen, kapiert? Und jetzt hau ab, ich will dich nie wieder sehen!"

Charlies Augen funkelten vor Wut. Er versuchte aufzuspringen, wurde aber von Jack zurückgehalten.

„Charlie, ich...ich kann das erklären! Ich..."

„Hau ab!"

Charlie nahm sein Wasserglas vom Nachttisch und schmiss es nach Alex. Es verfehlte sein Ziel nur knapp und das Glas zerschellte auf dem Boden in tausend Scherben. Theo quietschte erschrocken auf.

„Spinnst du, das ist mein Sohn!"

Michael legte schützend einen Arm um Alex, doch dieser schüttelte ihn ab.

„Nein, Dad, er hat recht. Ich bin ein Verräter, und es tut mir leid, es tut mir so unendlich leid, das musst du mir glauben, Charlie!"

Mit diesen Worten stürmte er nach draußen. Michael warf Charlie einen bitterbösen Blick zu, dann folgte er seinem Sohn.

„Charlie, du hast ein Glas nach ihm geworfen!"

Becca starrte ihn an, als wäre er ein Außerirdischer.

„Das hab ich ihm nicht beigebracht. Vielleicht hat er meinen Flirttipp falsch interpretiert."

Jeremy sah noch immer erschrocken auf die Scherben.

„Ihr kapiert's nicht, oder? Ich bin Alex an dem Tag, an dem mir das hier", Charlie zeigte auf seinen Kopf, „passiert ist, zum Hafen gefolgt. Er hat sich dort mit einem Mann getroffen. Ich war anfangs nicht ganz sicher, wer es war. Aber dann bin ich näher ran und hab gesehen, dass es William Afternoon war! Alex hat ihm einen Umschlag gegeben, und im Gegenzug hat er Geld bekommen. Sehr viel Geld und einen Zettel. Ich bin komplett ausgerastet und auf die beiden zugegangen und hab sie angeschrien. Afternoon hat gesagt, wenn Alex mich nicht ausschaltet, dann holt er sich das Geld und den Zettel wieder zurück. Ich dachte erst, Alex würde ihm Zettel und Geld wiedergeben. Doch stattdessen hat er mich, hat er mich geschubst, und ich bin mit dem Kopf auf den Stein geknallt. Danach weiß ich nichts mehr. Nicht irgendein Junge hat mich geschubst, es war Alex, verdammt Alex, kapiert?!"

Charlie weinte.

„Er hat versucht, mich umzubringen".

Seine Worte waren nur noch gehaucht. Er wollte nach dem Wasserglas greifen, doch das stand längst nicht mehr an seinem Platz. Charlie schien erst jetzt zu realisieren, dass auch er Alex beinahe schlimme Schmerzen zugefügt hätte. Erschrocken schlug er sich eine Hand vor den

Mund. Sein Blick schimmerte glasig und schließlich vergrub er sein Gesicht in seinen eiskalten, bebenden Händen.

„Wenn Alex sich an dem Tag mit Afternoon getroffen hat, dann kann Afternoon nicht in Rodga Bridge gewesen sein. Und dort wurde er doch am selben Tag überführt, oder nicht? Ich glaub, der Zeitungsbericht ist falsch. Und das heißt im schlimmsten Fall, dass Afternoon gar nicht gefasst ist."

Jack hatte es geahnt, aber er wollte diesen Gedanken verdrängen und hatte es schlussendlich auch geschafft. Doch nun war es offensichtlich. Wieso um alles in der Welt war er so leichtgläubig gewesen?

„Stimmt! Oh Mann, Afternoon ist nicht gefasst! Aber ganz kurz mal, wie viel Angst müssen die Leute vor ihm haben! Er muss ja einen Gefängniswärter, einen Polizisten, einen Journalisten und...und Chuck rumgekriegt haben. Warte, CHUCK?"

Jack riss seine Augen erschrocken auf. Becca sog scharf die Luft ein.

„Es ist kein Zufall, dass Chuck urplötzlich hier aufgetaucht ist. Er wusste, dass Lucy und Mary sich hier befanden, und...wartet, was, wenn Afternoon ihn dafür bezahlt hat, die beiden zu entführen? Und geht das überhaupt, so viele Leute zu bestechen? Oh Mann, das kommt mir gerade total unrealistisch vor!"

„Mein ganzes Leben kommt mir unrealistisch vor", meldete sich nun auch Charlie zu Wort.

„Wir müssen Lucy und Mary Bescheid sagen. Und Michael! Glaubt ihr, Bellamy, Lewis und Daniel wissen, dass Chuck bestochen wurde?"

Jeremy knetete unruhig seine Finger.

„Nein, ich glaub nicht."

Becca hielt nervös Jacks Hände umklammert.

„Wo ist Lucy überhaupt?"

„In ihrem Zimmer, ich schau nach!"

Jeremy war aufgesprungen und in drei Sätzen bei der Treppe.

„Ich werde Mary suchen gehen und du suchst Michael", sagte Becca noch schnell zu Jack gewandt, bevor auch sie aus der Tür nach draußen stürmte.

„Ich hab gesehen, wie Michael vorhin in sein Büro geeilt ist. Also, nachdem er Alex nachgerannt war."

Jack lächelte Charlie noch schnell dankbar zu, bevor er nun schon zum dritten Mal durch den grünen Gang in Michaels Büro lief.

Das Büro war leer. Noch immer lagen ein paar Blätter auf dem Boden verstreut herum, aber mindestens die Hälfte war eingesammelt worden. Jacks Augen durchstreiften das Zimmer und blieben am Schrank hängen. Vielleicht war es ja auch nur eine Vorratskammer? Aber einen Blick in den dunklen Gang sollte er wagen. Mit schnellen Schritten durchquerte er das Zimmer und schob den Schrank wieder etwas beiseite, um dahinter zu kommen. Er lief den dunklen, moderig riechenden Gang entlang, einem kleinen Lichtschimmer hinterher, der sich schon nach ein paar Schritten vor ihm aufgetan hatte. Der Gang war nicht lang, und schon bald mündete er in einen großen Raum. Er war dunkel, bloß ein kleiner Kamin spendete etwas Licht. Nach kurzem Tasten hatte Jack den Lichtschalter gefunden. Ein Bett, ein Schreibtisch, ein Waschbecken und ein kleiner Kamin hatten darin ihren Platz. Langsam lief er durch den Raum und sah sich um. Der Schreibtisch war schäbig und alt, und nur ein einziger Stift lag darauf. Dafür war das Bett groß und mit vielen

Daunenkissen und einer Decke belegt. Er wollte sich gerade umdrehen, als er spürte, wie eiskalte Hände sich um seinen Hals legten.

„Hey Jack, ich bin's."

Jack schrie erschrocken auf, als er realisierte, wer hinter ihm stand.

„Lassen Sie mich los", sagte er mit zittriger Stimme und versuchte, den starken Griff Afternoons zu lösen.

Doch je mehr er sich wehrte, desto fester wurde sein Griff.

„Stimmt, vielleicht sollte ich das tun."

Jack schöpfte verzweifelt Hoffnung, doch als Afternoon begann, laut loszulachen, schwand all sein Mut dahin.

„Damit du zu deinen Freunden und meinem Bruder rennst und mich bei der Polizei verpfeifst? Sorry, aber so dumm bin ich jetzt auch wieder nicht."

Jack würgte, die eiskalten Hände drückten fester und fester. Ihm wurde schwindelig, und schwarze Punkte tanzten vor seinen Augen hin und her. Jack schrie auf.

„Macht Ihnen das... Sp, Spaß?"

„Spaß nicht direkt, aber es ist unterhaltsam."

Afternoon lockerte kurz seinen Griff und drehte Jack ruckartig zu sich um, so dass er ihm in die Augen sehen konnte.

„Mich st..sterben zu sehen ...finden Sie unterhaltsam, ja? Sie haben echt keine anderen Freuden im Le..?"

Jacks Stimme verstummte, er konnte seinen Mund nicht mehr bewegen, so sehr hatte sich Afternoons Griff verstärkt.

„Besser. Deine große Klappe war ja nicht auszuhalten!"

Afternoon sah ihm mit einem drohenden Blick in die Augen.

„Ich werde dich nicht umbringen, aber wenn du irgendwem etwas sagst, dann breche ich das Versprechen und bringe nicht nur dich um. Auch deine hübsche Mutter ist dann tot. Kapiert?"

Mit diesen Worten stieß er Jack so plötzlich von sich, dass der hart auf dem Boden aufschlug. Und noch bevor Jack einen Laut hervorbringen konnte, war Afternoon hinter einer versteckten Tür verschwunden und hatte sie verriegelt. Benommen erhob sich Jack vom Boden. Schwankend und noch immer nach Luft ringend tastete er sich den dunklen Gang zurück in Michaels Büro. Er hatte Afternoon gefunden, doch das musste ein Geheimnis bleiben. Er durfte niemandem davon erzählen, sonst würde Afternoon ihn und seine Mutter umbringen. Das hatte er ihm mehr als deutlich gemacht.

Fünfzehntes Kapitel

Das Italienische Bonjour

„Ich habe das alles nur für uns getan, Dad. Ich wollte nicht, dass wir wegen eines bescheuerten Gerüchts in Armut leben müssen und von den Leuten gehasst und schlecht behandelt werden. Er hat versprochen, dafür zu sorgen, dass das Gerücht verschwindet, damit wieder Leute hierherkommen. Und das hat er geschafft! Wir sind wieder glücklich. Ich konnte mir einfach nicht vorstellen, dass er so schrecklich ist. Außerdem hat er mir eine Million gegeben! Nur musste ich ihn als Gegenleistung hier reinbringen, er ist, er ist....hinter Deinem Schrank in einem geheimen Raum versteckt. Als er das erste Mal mit mir Kontakt aufgenommen hatte, wusste ich ja noch nicht, dass Mary und Lucy hier versteckt sind. Ich hätte sie doch niemals dieser Gefahr ausgesetzt."

Als Jack aus dem grünen Gang zurück in den Speisesaal getreten war, hatten Jeremy, Becca, Michael, Lucy, Charlie, Theo und Mary dem aufgebrachten Alex bereits angespannt zugehört.

„Ihr müsst sofort abhauen. Ich glaube, Afternoon hat Schreckliches mit euch vor. Hier, ich hab' Tickets fürs Dark Ship organisiert. Ihr müsst zurückfahren, da, wo ihr hergekommen seid. Und ihr müsst Mary und Lucy mit euch nehmen!"

Alex reichte Jack sieben Tickets.

„Wie soll das mit Charlie gehen?"

Becca sah besorgt auf ihren Bruder.

„Der Arzt hat gesagt, dass ich schon so weit bin, ein Stück zu laufen, und wenn ich nicht mehr kann, müsst ihr mich eben tragen."

Charlie grinste auffordernd in die Runde.

„Und was macht ihr, wenn wir fort sind? Was passiert mit Afternoon? Lassen wir ihn einfach so entkommen?"

Jack sah Michael und Alex fragend an.

„Ich will meinen Bruder zur Rede stellen und ihn zur Umkehr bewegen. Ich muss das jetzt unbedingt versuchen. Und Alex tut er sowieso nichts, schließlich weiß er ja nicht, dass er uns alles gestanden hat."

Michael lächelte Jack zuversichtlich zu.

„Geht zurück in dieses Camp! Dort wird er euch jetzt zwar vermuten, aber er kommt da nicht mehr rein. Das Camp ist gegen ihn gesichert. Und jetzt geht schnell hoch und packt eure Sachen! Ich richte euch noch Reiseproviant. Oh, das Schiff fährt schon in einer halben Stunde, ihr müsst euch beeilen!"

Jack zögerte. Michael war so unglaublich freundlich und fürsorglich. Er war schon fast wie ein Vater für ihn, und jetzt mussten sie ihn und Alex verlassen. Aber er wusste, Michael hatte recht, es gab keinen anderen Ausweg.

„Danke!"

Zusammen mit Theo rannte Jack in ihr Zimmer. Er konnte sich nicht erinnern, schon einmal so hastig gepackt zu haben. Es ging alles viel zu schnell. Theo hatte seinen kleinen, grünen Dino-Rucksack bereits aufgesetzt und stand nun stocksteif neben Jack und sah ihm beim Packen zu. Aber in seinen Gedanken schien er ganz woanders zu sein.

„Früher wollte ich immer bei einer richtigen Verfolgungsjagd mitmachen, aber jetzt nicht mehr, jetzt gar nicht mehr!"

Theo ließ sich auf den Boden fallen und schluchzte.

„Ich glaub, mein Herz explodiert gleich. Das tut voll weh, das schlägt die ganze Zeit dadran" - er klopfte mit seiner kleinen Faust gegen die Brust - „und ich habe Bauschmerzen! Jacky, was, wenn ich sterbe? Was, wenn

Afternoon mich umbringen will, weil ich der einzige Ritter hier bin?"

„Mörder bringen doch keine Ritter um, Theo! Davor haben die viel zu große Angst."

Jack versuchte, Theo zuversichtlich anzulächeln, doch insgeheim hatte er Angst. Furchtbare Angst. Hektisch zerrte er den heulenden Theo auf die Beine und rannte mit ihm nach unten.

„Macht´s gut, ihr Fünf, tschüss Mary, auf Wiedersehen, Lucy, wir sehen uns wieder, versprochen, irgendwann! Alex, du begleitest sie nach unten zum Hafen und gehst dann sofort zum Polizeirevier. Melde dort, dass wir Afternoon haben und dass keine Zeit für lange Erklärungen ist. Ich versuche, sollte William etwas mitbekommen, ihn aufzuhalten!"

Michael umarmte nochmals jeden einzelnen, dann rannten sie aus der Tür des Shiver Inn nach draußen.

Michael war in großer Gefahr, und es gefiel Jack gar nicht, ihn allein zurückzulassen. Sie hatten versucht, ihn umzustimmen. Doch wie sie auch argumentierten, er beharrte auf seiner Meinung. Nach so vielen Jahren wollte er seinen Bruder zur Rede stellen, und das verstanden sie.

Es war später Nachmittag, und die Dämmerung hatte bereits begonnen. So schnell sie konnten, rannten sie die Treppe nach oben und den langen Waldweg entlang. Theo fiel zweimal hin, und schließlich nahm Jeremy ihn auf den Rücken. Sie hatten noch zwanzig Minuten bis zur Abfahrt des Schiffes. Aber sie würden es schaffen, da war Jack sich sicher.

Völlig außer Puste kamen sie am Hafen an. Sie schlitterten beinahe über den glatten Steg, der zum Dark Ship führte. Über eine Metallbrücke gelangten sie an Deck. Ein Mann hielt sie am Eingang zurück und kontrollierte ihre Fahrscheine. Er hatte seine Kapuze tief ins Gesicht gezogen, trug eine große schwarze Sonnenbrille und trotz des warmen Wetters einen grauen Wintermantel.

„Viel Spaß an Deck", grummelte er ihnen noch missgelaunt hinterher, bevor die sieben das Innere des Schiffes betraten.

Zahlreiche Tische standen in dem von Laternen beschienenen Raum. Alles war in ein rot-orangenes Licht getaucht, das auch die Polster der Sitzbänke mit seiner Farbe überzog. Auf einem weichen Teppich liefen sie durch die vielen, dicht aneinander stehenden Menschen, die ihren Blick erwartungsvoll auf eine kleine Bühne gerichtet hatten.

„Wir haben es geschafft!", rief Jeremy erleichtert, doch dann sah er herüber zu Lucy.

Sie hatte sich an einem freien Tisch niedergelassen und zu weinen begonnen.

„Ich, ich kann nicht mehr. Mum, ich KANN das nicht mehr! Ich will nicht, dass er mein Vater ist!"

Mary ließ sich neben Lucy nieder und strich ihr tröstend über den Kopf.

„Ich weiß Liebling, alles wird gut, du brauchst keine Angst zu haben."

„Ich geh mir was zu trinken holen", Jeremy stand auf und gab Lucy noch schnell einen Kuss auf die Stirn.

„Alles wird gut."

Jack wollte sich gerade neben Becca setzen, als Jeremy ihn mit sich zog.

„Ich brauch jetzt seelischen Beistand. Außerdem kann ich kein italienisch."

„Italienisch?"

Jack sah ihn fragend an.

„Na, der Junge da an der Bar. Der sieht doch voll aus wie ein Italiener, findest du nicht?"

Jeremy deutete auf einen mittelgroßen, sonnengebräunten Jungen, ungefähr in ihrem Alter, mit fast schwarzem Haar.

„Hä? Na ja, ich spreche tatsächlich etwas italienisch, aber woher weißt du das? Und was meintest du mit ‚seelischer Beistand'? Wofür brauchst du den?"

Jack und Jeremy bahnten sich mit aller Mühe einen Weg durch die Menschenmenge.

„Zweitens ist Lucy meine Freundin, und wenn es ihr schlecht geht, dann geht es auch mir schlecht. Und erstens...ihr habt schon eine gewisse Ähnlichkeit, findest du nicht?"

Jack schüttelte den Kopf.

„Oh bitte, komm mir jetzt nicht mit: Ihr seht beinahe aus wie Geschwister, davon hab' ich echt genug."

„Hä? Jetzt check ich das nicht mehr."

Jeremy sah ihn fragend an.

„Alex ist mein Halbbruder. Er saß gestern Abend in meinem und Theos Zimmer und hat es mir gesagt."

„Alter, wie krass ist das denn?"

Jeremy und Jack waren an der Bar angekommen.

„Hi, wir hätten gerne zweimal ein Getränk, mit dem man Schock, Trauer und Angst sofort verarbeiten kann."

Der Barkeeper sah Jeremy an, als hätte der soeben verkündet, dass er noch heute sterben würde.

„Ich", Jeremy deutete auf sich, „spreche...leider...kein...italienisch."

Jeremy sprach in Schneckentempo und fuchtelte dabei mit seinen Händen wild in der Luft herum.

„Ähm, ich spreche auch kein italienisch. Ich spreche deutsch", sagte der junge Barkeeper verwundert.

„Oh, okay, dann mix uns mal was Schönes, deutscher Italiener!"

Der Barkeeper sah noch verständnisloser drein, sodass Jeremy schließlich abwinkte.

„Ach, mein Freund hier dachte nur, du bist vielleicht Italiener."

Jeremy deutete auf Jack, der ihm einen genervten Blick zuwarf.

„Mach einfach irgendein Getränk. Eins, mit dem man für eine Nacht alles vergisst, was gerade um einen passiert."

Jack schob dem Jungen einen Geldschein hin, und dieser begann sofort, sämtliche Flüssigkeiten der Bar in zwei Gläser zu verteilen. Schließlich hatte ihr Schock-Trauer-Angst-Verkraftungstrank, dem der Barkeeper einen exotischen Namen gegeben hatte, eine himmelblaue Farbe, und in jedem steckte ein grellgelbes Schirmchen.

„Danke Mann, du hast uns sehr geholfen."

Mit diesen Worten verabschiedeten sich die beiden und liefen wieder zurück zu ihrem Platz.

Lucy hatte sich mittlerweile wieder beruhigt und war mit Becca in ein interessant scheinendes Gespräch vertieft. Charlie unterhielt sich ebenfalls äußerst angeregt mit Mary, und Theo saß auf Charlies Schoß und schlief.

Jack ließ sich neben Becca fallen und nahm einen Schluck seines außergewöhnlichen Getränks. Es schmeckte sehr süß, aber zugleich sauer und bitter. Es passte perfekt zu seiner Laune, deshalb nahm Jack gleich mehrere Schlucke hintereinander. Plötzlich wurde ihm furchtbar schwindelig. Er musste sich an der Banklehne festhalten, der Raum begann sich zu drehen. Seine Augen sahen nur noch verschwommen, und seine Ohren waren mit einem Mal hoch empfindlich. Alles schien doppelt verstärkt.

„Macht mal leiser bitte", sagte er und erschrak über seine eigene Stimme.

Die Worte kamen nicht klar, sondern gelallt herüber, und jedes Wort auszusprechen kostete ihn unendlich viel Energie. Trotz allem konnte er sich nicht erinnern, sich jemals so gut gefühlt zu haben. Unwillkürlich wollte er noch einmal zu seinem Getränk greifen, doch seine Hand griff ins Leere. Jack begann los zu prusten und griff abermals nach dem Glas. Wieder verfehlte er es.

„Oh, wo isses denn hin?"

Jack ließ seine Hände über den Tisch wandern und hörte, wie etwas zu Boden fiel.

„Jack! Verdammt, was war in diesem Getränk drin?"

Becca packte seinen schwarzen Pulli und zwang ihn, ihr in die Augen zu sehen.

„Siehst du mich?"

Jack musste lächeln. Es würde ihm nie einfallen, Becca zu übersehen.

„Na.., natürlich."

Becca schüttelte fassungslos den Kopf.

„Jeremy, was war da drin?"

„Woher soll ich das wissen? Der hat einfach irgendwelche Flüssigkeiten zusammengemixt! Ich weiß nur noch, dass es irgendwas auf italienisch hieß. Bonjour, glaub ich."

Jeremy wollte einen weiteren Schluck nehmen, aber Lucy nahm ihm das Glas aus der Hand.

„Das wäre dann aber französisch!"

Becca drückte den sich an sie schmeißenden Jack von sich und fuhr sich müde übers Gesicht.

„Wo ist Mary hin?"

Sie ließ ihren Blick umherschweifen, aber Mary war nirgends zu sehen. Zu allem Überfluss begann die Menschenmenge nun auch noch laut zu klatschen, und eine Musikband betrat die Bühne.

„Och ne, ich will jetzt nix mit Musik! Können die nicht einfach abhau..."

Noch bevor Jack zu Ende sprechen konnte, hatte Becca ihm eine kräftige Ohrfeige verpasst.

„Aua, spinnst du?", stieß er noch empört hervor, dann begann die Band viel zu laut zu spielen, und Jack presste sich krampfhaft seine Hände auf die Ohren.

Jetzt war es alles andere als schön, das Getränk begann in seiner Kehle zu brennen, und er spürte förmlich, wie jede einzelne Zelle seines Körpers von der Flüssigkeit erfasst und gelähmt wurde. Die Backpfeife von Becca hatte ihn so sehr schockiert, dass er nun kein Wort mehr zustande brachte. Das wäre aber eh unmöglich gewesen, da die Musik zu laut war, und man sich die Seele aus dem Leib hätte schreien müssen, um dagegen anzukommen. Er schloss die Augen, um die Lichtpunkte zu unterdrücken, die urplötzlich vor seinen Augen aufgeblitzt waren.

Plötzlich nahm jemand sanft seine verkrampften Hände in seine. Die Band hatte aufgehört zu spielen, und nun stand der Mann auf der Bühne, der sie ins Schiff eingewiesen hatte. Er hatte noch immer die dunkle Sonnenbrille auf und die Kapuze tief über den Kopf gezogen, sodass man bloß seine blutigen Lippen sehen konnte. Anscheinend war er geschlagen worden.

„Entschuldigen Sie die Unterbrechung für eine wichtige Durchsage. Mr. Sinjin Seivelmoor lässt ausrichten, dass die Dame Rachel und die Herren Oliver Adams, Jason und Henry Wilson und Sebastian Brown aufgefordert sind, seine Frau und sein Kind unverzüglich zurückzubringen. Sollte das nicht geschehen, so werden sein Bruder und dessen Sohn dafür büßen. Sie haben fünf Minuten Zeit, sich zu entscheiden. Wir haben ein Motorboot bereitgestellt, zu dem sie gebracht werden können. Ich werde sie dann zu Seivelmoor fahren."

Becca keuchte auf, und Charlie verschluckte sich vor Schreck an seinem Wasser und begann laut zu husten.

„Klingt fast so, als wäre Sinjin Seivelmoor mein Vater, findet ihr nicht?"

Lucy starrte entsetzt auf die Bühne.

„Lucy...Sinjin Seivelmoor, er, also er ist dein Vater. Er hat sich vor einem Jahr zumindest mit diesem Namen in das Camp geschmuggelt, in dem wir waren. Und Jason, Henry, Rachel, Sebastian und Oliver sind unsere Decknamen."

Charlie sah sie entschuldigend an.

„Und ich glaube, was dieser Mann sagen will, ist, wenn wir euch nicht zu diesem Motorboot bringen, damit er euch zurück nach Saiville zu Afternoon fahren kann, bringt er Michael und Alex um."

Lucy schrie erschrocken auf.

„Bringt uns sofort zu diesem Boot!"

Sie sprang auf, aber Jeremy zog sie wieder zu sich.

„Spinnst du jetzt komplett? Ich lass dich da nicht hin! Und es ist mir egal, wenn dafür Michael und Alex in Gefahr kommen, Hauptsache, du bist in Sicherheit!"

„Ich muss da hin! Ich kann nicht zulassen, dass mein Onkel und mein Cousin meinetwegen, unseretwegen sterben! Und wenn du mich echt liebst, dann solltest du meine Entscheidung respektieren. Mir und meiner Mutter wird er sicher kein Leid antun."

Lucy erhob sich wieder.

„Schön, schön okay, ich respektier deine Entscheidung. Aber ich lass dich da nicht allein zurückfahren, ich komme mit!"

Jeremy erhob sich ebenfalls und stellte sich zu Lucy.

„Ich komme auch mit."

Auch Charlie stellte sich zu den beiden, den schlafenden Theo im Arm.

„Ich auch."

Becca kletterte über Jack zu den anderen vier. Jack wollte sich erheben, doch in seinem Kopf begann sich alles zu drehen, und er ließ sich wieder auf die Bank fallen.

„Kannst du mir nochmal eine Backpfeife geben?"

Er sah Becca fragend an.

„Ich mach das."

Lucy trat vor und verpasste Jack eine kräftige Backpfeife. Kurz biss er die Zähne zusammen, um den prickelnden Schmerz auf seiner Wange zu unterdrücken, dann erhob er sich abermals. Er musste sich zwar an Becca festhalten, um nicht umzukippen, und vor seinen Augen drehte sich noch immer alles, aber zumindest konnte er wieder einigermaßen klar denken.

Sie liefen auf den Mann im grauen Mantel zu und folgten ihm nach draußen. Mary stand am Geländer und blickte, den Wind in den Haaren, auf den schwarzen Fluss. Als sie Lucy sah, stürzte sie zu ihr und umarmte sie.

„Du hast die richtige Entscheidung getroffen. Wir werden zu deinem Vater gehen. Es tut mir alles so unendlich leid, Lucy."

Der Mann ließ ihnen nicht viel Zeit. Ungeduldig drängte er die Gruppe nach unten in ein kleines Rettungsboot. Dankbar nahm Jack Platz, er konnte kaum mehr grade stehen, aber der erfrischend kühle Abendwind und der süßliche Geruch, der vom Wasser zu ihnen getrieben wurde, taten ihm gut. Jeremy half dem Mann, das kleine Beiboot vom Dark Ship loszumachen, dann ließen sie sich ebenfalls auf einem Platz nieder, und das Boot fuhr auf den Fluss hinaus.

Sechzehntes Kapitel

In die Falle getappt

Niemand sprach ein Wort während der Bootsfahrt. Lucy lehnte erschöpft an Jeremys Schulter, der tröstend einen Arm um sie gelegt hatte und mit leerem Blick auf das dunkle Wasser starrte. Auch Jack hatte einen Arm um Becca gelegt, die sich die Zeit damit vertrieb, eine ihrer rotblonden Haarsträhnen immer und immer wieder um ihren Finger zu wickeln und dann wieder auszudrehen. Theo schlief in Charlies Armen, der ihm behutsam den Kopf hielt. Und Mary saß traurig allein in einer Bootsecke, die Hände im Schoß gefaltet und den Kopf zum Boden gesenkt. Jack war immer noch viel zu benommen, um zu realisieren, was soeben geschehen war. Er wusste nur, dass sie sich gerade in höchste Gefahr begaben und ohne jeglichen Plan, wie sie Michael und Alex befreien sollten, Afternoon direkt gegenübertreten würden.

Ein Ruck schüttelte das kleine Boot einmal kräftig durch, und Jack sah auf. Sie waren am Hafen von Saiville angekommen. Vorsichtig stand er auf. Er konnte mittlerweile wieder klar sehen und hören, und das Brennen in seiner Kehle war zumindest milder geworden. Schnell sprang er an Land. Der Kapuzenmann überreichte ihm schweigend eine Taschenlampe und führte die Gruppe dann den langen Weg nach oben zum Shiver Inn.

Die ganze Zeit über hatte Jack nichts außer das Brennen in seiner Kehle und das Prickeln an seiner Wange gespürt, doch nun, wo beides beinahe weg war, hämmerte sein Herz voller Angst schmerzhaft gegen seine Brust. Jetzt, wo sie Afternoon so nah waren, konnte er alles wieder spüren. Er konnte den Schmerz spüren, der aufgetreten war, als Afternoon ihm an Silvester Asche in die Augen gestreut hatte. Er konnte seine eiskalten Hände spüren, die sich um seine Kehle geschlossen hatten, immer und immer fester. Er konnte jeden einzelnen Schmerz spüren, den er empfand, wenn von William Afternoon die Rede war. Und das machte ihm nicht nur Angst, er wurde wütend, verzweifelt, rasend. Doch dann sah er sich wieder in dem Traum, den er geträumt hatte. Er durfte nicht zulassen, dass die Wut zu viel Kontrolle über ihn bekam, sonst war er ihr hilflos ausgeliefert.

Die Gruppe war bei der Schlucht angekommen, und der Mann kehrte, ohne nochmals ein Wort mit ihnen zu wechseln, zurück in den Wald.

Jack lief zu der Stelle, auf dessen Boden ein roter, dicker, unübersehbarer Streifen gepinselt war und sprang auf den Vorsprung, von dem die Treppe nach unten führte. Der große Park wirkte noch dunkler und verlassener als zuvor, und das Shiver Inn lag wie ein Gespensterschloss vor ihnen.

Vorsichtig öffnete Mary die große Tür und trat nach innen in das angenehm warme Foyer.

„William, William, bist du hier?"

Mary sah sich suchend um und lief dann weiter in den Speisesaal. Jack, Becca, Charlie, Jeremy, Lucy und Theo folgten ihr.

„Mary? Kinder? Was zum Teufel macht ihr hier, solltet ihr nicht im Dark Ship zurück nach Jeacksonwill sitzen?"

Als sie den Speisesaal betreten hatten, war Michael, der vollkommen erschöpft auf einem der Stühle gesessen hatte, überrascht aufgestanden.

„Das gleiche könnten wir dich fragen. Wir hatten riesige Angst, dass du und Alex in der Gewalt von Afternoon seid und er euch bedroht!"

Jeremy sah Michael fragend an.

„Von William gefangen und bedroht? Nein, uns ist nichts geschehen"

Lucy atmete erleichtert auf.

„Dann hätten wir ja gar nicht zurückkommen müssen! Oder, warte mal. Wo ist Alex?"

Suchend sah sie sich um.

„Das ist ja meine Sorge. Ich habe ihn zum Polizeirevier geschickt, aber er ist seitdem nicht mehr aufgetaucht! Er ist verschwunden, aber ich bin mir sicher, dass er hier ist. Im Shiver Inn. Ich habe ihn nämlich durch die Tür gehen hören, und er hat mir irgendwas Unverständliches zuge-rufen. Aber eigentlich bin ich mir nicht sicher, ob es wirk-lich Alex war, vielleicht auch nur Lewis oder Bellamy. Ich habe schon überall nachgesehen, aber hier ist niemand!"

Michael ließ sich wieder auf den Stuhl fallen.

„Wir können dir suchen helfen."

Charlie legte behutsam eine Hand auf Michaels Schul-ter.

„Keine Sorge, wir finden ihn. Jeremy, Jack, kommt ihr mit mir, und Becca und Michael und Mary und Lucy ge-hen zusammen. Und Theo..."

„Theo kann noch mit uns kommen", sagte Becca schnell und griff nach Theos Hand.

„Okay, ich würde sagen, nach 20 Minuten treffen wir uns wieder hier. Wenn wir nicht kommen, dann heißt das, dass wir was gefunden haben, dann müsst ihr uns suchen. Und wer Afternoon über den Weg läuft, der, der .... rennt".

„Oder schreit," sagte Jeremy und trat zu Jack und Charlie.

„Wir können in deinem Büro und in dem Raum hinter dem Schrank suchen", schlug Jack vor und Michael nickte.

„Ich danke euch. Ich weiß nicht, was ich ohne euch machen würde."

Mit diesen Worten verließen Michael, Mary, Lucy, Becca und Theo den Raum.

Mit klopfendem Herzen kamen die drei in Michaels Büro an. Es war leer.

„Leute, glaubt ihr, dass Alex in Afternoons Gewalt ist?"

Charlie betrat mit leicht zitternden Knien den Raum. Unter seinem Gewicht knarzten die Dielen, und obwohl sie wussten, dass dieses Geräusch von Charlie stammte, schraken Jeremy und Jack zusammen.

„Das bin ich, ihr Angsthasen!"

Jack atmete einmal tief durch, dann betrat auch er den Raum.

„Würde es jetzt noch blitzen, und die Tür würde hinter uns ins Schloss fallen, und wir wären eingesperrt, und dann würde Afternoon kommen, dann wäre es definitiv bewiesen: Das ist nicht die reale Welt hier, wir sind in einen Horrorfilm."

Jeremy schreckte auf, als er eine tote Maus entdeckte, die vor ihm auf dem Boden lag.

„Iihhh! Wie kommt die denn hierher?"

Vorsichtig folgte er Charlie und Jack, die sich bereits dem Schrank genähert hatten.

„Wie geht's dir eigentlich, Jack? Du warst echt ziemlich drüber, nachdem du den Bonjour getrunken hattest."

Charlie versuchte, von seiner Angst abzulenken.

„Oh Mann, hör auf! Ich will nie wieder an dieses italienische Irgendwas denken. Ich hab' echt noch nie etwas getrunken, in dem so viel Alkohol drin war. Wieso warst du eigentlich nicht so irre drauf wie ich, nachdem du Bonjour getrunken hast?"

Jack blickte Jeremy fragend an.

„Ich glaub, bei mir hat er nicht so krass viel reingemixt. Schließlich hab' ich nicht gesagt, dass ich ein Getränk brauche, mit dem man für `ne kurze Zeit alles vergisst, was gerade passiert ist."

Jack verzog peinlich berührt den Mund.

„Das hab' ich gesagt?"

Jeremy grinste.

„Ja, genau das."

Sie waren am Schrank angekommen, und Charlie leuchtete in den dunklen Gang.

„Alex? Alex, bist du da drin?"

Nichts, keine Antwort.

„Ich glaube, uns bleibt keine andere Wahl, als rein zu gehen. Also, wer geht zuerst?"

Charlie leuchtete Jeremy und dann Jack prüfend an.

„Ich denke, wir sollten es nach dem Alter machen. Also zuerst Charlie, dann Jack und zum Schluss ich."

Jeremy sah zufrieden mit seinem Vorschlag in die Runde.

„Vergiss es. Ich gehe definitiv nicht als erster. Ich glaub, es wäre am besten, wenn Jack als erster geht, dann Jeremy und dann ich. Ich bin schließlich noch verletzt, und ihr könnt mich dann vorwarnen, wenn irgendwas Gruseliges im Raum ist. Weil, ein Herzinfarkt tut mir gerade echt nicht gut."

Charlie deutete mit einem vielsagenden Blick an seinen Kopf.

„Ne, echt nicht. Ich bin immer noch ein bisschen angetrunken, und mir wird definitiv gleich übelst schwindelig."

Jack warf Jeremy einen entschuldigenden Blick zu, aber der lachte auf.

„Jack geht vor, und damit basta. Ich bin der Jüngste, Leute, nehmt mal `n bisschen Rücksicht!"

Mit diesen Worten stieß er Jack in den dunklen Gang.

„Das gibt Rache!", rief Jack nach hinten und tastete sich vorsichtig auf den Raum zu, in dem Afternoon ihn beinahe umgebracht hatte.

Heute war definitiv sein Pechtag. Erst die Nachricht, dass sein Halbbruder mit Afternoon zusammenarbeitete, dann Afternoon, der ihn fast erwürgt hatte, dann die Flucht aufs Dark Ship, wo er sich komplett betrunken hatte und eine Zeitlang nicht mehr richtig hören, sehen, reden und laufen konnte und jetzt das.

Blitzschnell knipste er, im Raum angekommen, das Licht an und trat ein. Er war, wie Michaels Büro, leer.

„Ihr könnt kommen, der Raum ist leer."

Niemand antwortete ihm.

„Jer, Charlie? Ihr könnt kommen. Seid doch nicht solche Schisser!"

Er drehte sich um und stolperte vor Schreck zwei Schritte rückwärts. Vor ihm standen Lewis und Bellamy. Sie hatten Jeremy und Charlie geschnappt und hielten sie so fest an sich gedrückt, dass sie sich nicht mehr rühren konnten. Mit der einen Hand pressten sie ihre Münder zu, mit der anderen hielten sie eine Pistole an ihre Köpfe. Afternoon stand grinsend neben ihnen.

„Hey Jack, ich habe ja doch von Anfang an geahnt, dass du der größte Pechvogel der ganzen Geschichte bist. Und jetzt wollen wir etwas Spaß haben, oder? Komm, fang, Vögelchen!"

Er warf ihm etwas Schwarzes zu, und als Jack es fing und erkannte, was es war, reagierte er blitzschnell.

„Ich bringe Sie um!"

Afternoon hatte ihm eine Pistole zugeworfen. Ein hartes, gepresstes Lachen drang aus seiner Kehle.

„Nein, das wäre doch gar nicht lustig! Du musst dich entscheiden, wen von den beiden da willst du töten, Jeremy oder Charlie? Witzig oder? Ich bin ja so einfallsreich!"

Afternoon grinste ihn gehässig an.

Jack versuchte, einen klaren Kopf zu bewahren.

„Wie kommen Sie darauf, dass ich nicht einfach Sie umbringe?"

„Das ist doch ganz einfach. Beim ersten Mal wirst du sicher danebenschießen. Und wenn ich oder meine Gehilfen sehen, dass du mich abknallen willst, so erledigen wir das selbst und bringen beide um."

Afternoon tänzelte ungeduldig hin und her.

„Und wie kommen Sie darauf, dass ich nicht einfach mich selbst umbringe?"

Diese Frage schien Afternoon zu überraschen.

„Dann sind alle tot."

Mit diesen Worten deutete er auf den Gang, aus dem in dem Moment Becca, Lucy, Mary, Theo, Michael und Alex stolperten.

„Alex? Wo warst du?"

Jack sah seinen Halbbruder fragend an.

„Man hat mich überfallen! Ich war schon fast beim Polizeirevier, als vier Maskierte mir den Weg versperrt und mich gepackt haben. Sie haben mich in einen...ich glaub, es war ein Müllcontainer gesperrt und abgeschlossen.

Zum Glück hat das eine alte Frau beobachtet. Sie hat mir rausgeholfen, und ich bin sofort hierher zurückgerannt."

Alex erstarrte, als er Afternoon sah.

„Was ist hier los, verdammt?"

Michael war entschlossen einen Schritt vorgetreten.

„Du kennst das Wort zwar nicht, aber das, was ich hier gerade mache, nennt sich Spaß haben."

Afternoon grinste seinen Bruder herablassend an.

Becca hatte sich zu Bellamy umgedreht und versuchte vergeblich, dessen Griff um Charlie zu lösen.

„Tritt aus dem Spielfeld, Giftschlange, oder willst du auch aufs Serviertablett?"

Afternoon richtete seine Waffe auf sie.

„Was heißt das? Jack?"

Becca wich zurück.

„Ich muss mich entscheiden, wen ich erschieße. Charlie oder Jeremy."

Jack zitterte.

„WAS?!"

Becca stürzte auf Jack zu, Lucy schlug sich beide Hände vor den Mund und Mary schluchzte verzweifelt auf.

Michael hatte sich inzwischen vor seinem Bruder breitbeinig aufgebaut und schrie ihn an:

„Was ist nur aus dir geworden! Du bist nicht nur ein Mörder, du bist ein Monster! Du treibst deinen Spaß damit, Menschen zu verletzen und zu töten. Aber ich kenne dein Geheimnis. Es ist deine Wut. Du warst so wütend, als deine verbrecherischen Geschäfte aufflogen, als alle deine Freunde dich verließen, einer nach dem anderen, weil du sie betrogen, ausgenutzt und verletzt hast.

Da hättest du dich besinnen und umkehren müssen! Doch dann hast du den ersten Menschen getötet, und es kam die Wut auf dich selbst. Du hast dich betrunken, um den Schmerz loszuwerden und dann weiter gemordet. Und schließlich war dein Herz fort. Jetzt bist du unfähig zu fühlen, unfähig zu lieben. Du zwingst KINDER zu morden! Wie entsetzlich! Du bist krank, du müsstest dir helfen lassen. Aber du hast Angst, nicht wahr? Weil du weißt, dass es schon zu spät ist und niemand dir je verzeihen wird? Mary und Lucy haben dich verlassen, weil du so geworden bist. Sie tragen keine Schuld. Es war ganz allein deine Entscheidung!"

Afternoon hatte Michael die ganze Zeit vollkommen reglos zugehört und nicht einmal mit der Wimper gezuckt.

„Ich denke, es sollte dir bekannt sein, dass ich nach dem Motto lebe: Töte ein paar, verletze viele und lehre Tausende das Fürchten, Bruder!"

Er spuckte das Wort aus wie ein widerliches Gericht, das er soeben in den Mund genommen hatte.

Plötzlich schwenkte er blitzschnell zu Jack.

„Und jetzt hören wir auf mit dem albernen Gerede und schauen Jack zu, wie er sich entscheidet. Ihr werdet sehen, es wird echt lustig. Machts euch nur gemütlich, setzt euch, setzt euch!"

Siebzehntes Kapitel

Die Entscheidung

Jack stand da, die Hand, in der er die Pistole umklammert hielt, war schweißnass. Das Brennen in seiner Kehle war zurück und schlimmer als vorher. Nur noch halb nahm er die schreiende Becca wahr, alles vor seinen Augen verschwamm. Er sah Jeremy an, in dessen Augen sich Todesangst spiegelte. Jacks Blick wanderte zu Charlie, der ihn aus seinen großen meerblauen Augen anstarrte. Kein Zeichen von Angst war in ihnen zu finden, doch irgend etwas anderes. Es war eine unendliche Traurigkeit.

„Nein! Das können Sie nicht machen, das können Sie doch nicht tun!"

Beccas immer lauter schreiende Stimme riss Jack aus seiner Erstarrung.

„Sie sind der schrecklichste und dümmste Mensch, den es auf dieser Erde gibt!"

Becca wollte sich auf Afternoon stürzen, ihn zu Boden reißen und schlagen, aber Lucy zog sie weinend in ihre Arme und schüttelte mit einem flehenden Blick in den Augen den Kopf.

„Na ja, eigentlich finde ich, dass ich gar nicht so dumm bin. Wenn du willst, erkläre ich dir meinen Plan:

Sollte Jack sich für Jeremy entscheiden, dann wäre Lucy wütend auf Jack und unendlich traurig. Dass ihre Tochter so traurig ist, würde auch Mary traurig und wütend auf Jack machen. Charlie würde sich vor Selbsthass zurückziehen, denn er wüsste, dass auch er hätte sterben können. Und dass ihr Bruder sich von der Welt zurückzieht und sich vielleicht selbst umbringt, das würde Becca traurig machen. Und Jack, Jack würde sich auch zurückziehen, weil er seinen besten Freund umgebracht hat. Und Theo wäre komplett allein, weil alle entweder traurig, verletzt, wütend oder in Selbsthass gefangen und von der Welt abgeschnitten sind.

Und würde Jack Charlie umbringen, so wäre Becca wütend auf ihn und würde sich ganz sicher von ihm trennen. Und dann wäre Jack noch trauriger, als er ohnehin schon ist und würde sich selbst umbringen. Und Jeremy würde in Selbsthass baden, weil er wissen würde, dass auch er hätte sterben können. Und Lucy wäre unendlich traurig, weil Jeremy sich von der Welt zurückzieht, und das wiederum würde Mary traurig machen. Und Alex wäre unendlich wütend auf seinen Halbbruder und..."

„Äh, Halbbruder?", kam es gleichzeitig von Lucy und Becca.

„Oh, er hat es euch noch nicht erzählt? Jack und Alex sind Halbbrüder, sie haben dieselbe Mutter. Also ist Jack genau genommen mein...Halbneffe?"

Afternoon grinste belustigt in die Runde.

„Wie klein diese Welt doch ist! Und jetzt lasst mich ausreden. Also, dass Alex wütend ist, das würde Michael traurig machen. Und Theo wäre in beiden Fällen unfassbar traurig, denn er wäre von allen verlassen. Also komplett allein auf der Welt. Er hätte dann niemanden mehr. Konntet ihr mir folgen? Und sagt jetzt noch irgendwer, dass ich dumm bin?"

Becca starrte Afternoon mit Entsetzen in den Augen an, dann brach sie zusammen.

„Jack, wenn ich dir einen Tipp geben darf, bring einfach Jeremy um, bei Charlie würde sich deine Freundin von dir trennen. Und es wären generell viel mehr Leute traurig, wenn Charlie sterben würde, also schieß los, Neffe!"

Jack wurde mit einem Mal brennend heiß und gleichzeitig so kalt, dass sein ganzer Körper zitterte.

„Ich will das nicht!"

Erst flüsterte er, dann begann er zu schreien.

„Nein! Das werde ich nicht tun! Ich bin nicht wie Sie! Niemals bringe ich meine Freunde um, niemals!"

Er schleuderte die Pistole weit von sich und riss die Arme hoch.

Afternoon sah ihn gehässig an.

„Komm, mach nicht so einen Quatsch! Du hast dich doch schon längst entschieden, hab ich recht? Du kannst den anderen noch schnell deine Entscheidung mitteilen, dann erledige ich das für dich. Du hast es wirklich nicht verdient, schon in so jungen Jahren zu morden. Also, wer ist es, wen darf ich für dich aus der Welt schießen?"

Afternoon sah Jack auffordernd an.

„Töte mich!"

Charlie hatte Bellamys Hand von seinem Mund gerissen.

„Schießen Sie, töten Sie mich!"

Becca schrie.

„Bist du sicher? Jack, darf ich ihn umbringen?"

Jack spürte, wie seine Beine unter ihm nachgaben, aber er hielt sich trotz der Benommenheit aufrecht. Er wollte „Nein" schreien und dass Afternoon ihn umbringen solle, doch er bekam kein einziges Wort heraus. Er schüttelte den Kopf, aber Afternoon schien die Geste nicht zu beachten.

„Das dauert mir zu lange, irgendwie ist es doch nicht so lustig, wie ich dachte."

Er zückte seine Pistole, stieß Jack zu Boden und schoss.

Jack sah verschwommen, wie Becca, als der Schuss knallte, aufsprang, um sich vor ihren Bruder zu werfen, doch Alex war schneller. Er riss Charlie und Bellamy zu Boden. Jack begriff erst nicht, was da gerade geschah, doch dann sah er, wie Alex zurücktaumelte und sein weißes Hemd sich mit Blut tränkte. Alex hatte für Charlie sein Leben gelassen. Er war für Charlie gestorben, weil er ihn liebte.

Jack sah, wie Afternoon ungläubig auf den toten Alex starrte, der am Boden lag und sich nicht rührte, und dann langsam den Kopf schüttelte. Er sah, wie Michael zu seinem Sohn stürzte und ihn rüttelte und immer und immer wieder seinen Namen rief, doch Alex nicht antwortete. Er sah, wie Jeremy Lewis biss, kratzte und trat und sich schließlich freikämpfen konnte und zu Charlie rannte, der wie versteinert auf den Toten starrte. Er sah, wie Mary und Lucy zu Michael stürzten, und dann sah er Theo, der soeben durch den Gang den Raum betreten hatte. Im Schlepptau fünf Polizisten. Afternoon sah erschrocken auf, doch da hatte ihn einer der Polizisten schon mit einer betäubenden Kugel getroffen, er sank zu Boden.

Achtzehntes Kapitel

Die Vernehmung

„**W**ir würden dann Jack Evans zur Befragung bitten."

Eine junge Polizistin sah Kimjin Phelps aufmerksam an.

„Komm Jack."

Sie gab ihm einen kleinen Ruck. Jack erhob sich mühsam von dem grauen, klapprigen Stuhl, und zu dritt verließen sie das schäbige, leere Wartezimmer. Alex' Tod lag nun schon einige Tage zurück, und alles war sehr schnell gegangen. Afternoon saß sicher hinter Gittern in Untersuchungshaft. Bei seiner Festnahme hatte einer der Polizisten die verschwundenen Kinder erkannt und das Camp verständigt. Kimjin Phelps war sogleich nach Saiville gekommen und hatte die Kinder ins Krankenhaus und nun aufs Revier begleitet.

Die Polizistin hielt ihnen freundlich die Tür zu einem etwas größeren Amtszimmer auf. Ein kleingewachsener, muskulöser Mann mit einer auffälligen Frisur, die Jack an eine Palme denken ließ, wartete schon auf sie.

„Buongiorno, setzen Sie sich, setzen Sie sich!"

Er deutete mit einer zackigen Bewegung auf zwei leere Stühle vor sich, und die Polizistin ließ leise die Tür ins Schloss fallen.

„Wenn Sie sich bedrückt oder unwohl fühlen, so können Sie die Vernehmung immediamente abbrechen. Und ich möchte, dass Sie wissen, dass das hier kein Verhör ist. Wir wissen, dass Sie kein Gehilfe Afternoons sind und auch sonst nicht mit ihm unter einer Decke stecken, respektive steckten. Wir benötigen Sie nur als Zeuge. Also, ich möchte Sie bitten, die Geschehnisse aus Ihrer Sicht zu schildern, per favore."

Der Mann sah ihn auffordernd an, und Jack ließ seinen Blick von dem protzig goldenen Schild, auf dem in dicken schwarzen Buchstaben „MEISTERDETEKTIV" geschrieben stand, zu den blitzenden Augen des Kommissars wandern.

„Ich hatte einen Geheimgang in Michael Afternoons Büro gefunden und wollte den erkunden. Ich bin durch diesen Gang in einen Raum gelangt und wollte mich gerade umdrehen, da spürte ich eiskalte Hände an meiner Kehl..."

Jack fühlte, wie sich ein Kratzen in seinem Hals ausbreitete, und er räusperte sich.

„Geht es? Brauchen Sie ein Glas Wasser?"

Der Kommissar sah ihn prüfend an.

„Nein, es geht, danke. Er erwürgte mich fast, aber schließlich ließ er los und..."

Das Kratzen wurde stärker, und Jack unterdrückte einen Hustenanfall. Doch das machte das Ganze noch schlimmer. Und als er versuchte zu sprechen, musste er so furchtbar husten, dass Kimjin ihm besorgt auf den Rücken klopfte.

„Mammamia, was hat er denn?"

Der Kommissar ließ seinen Blick misstrauisch zwischen Jack und ihr hin und her wandern.

Jack versuchte vergeblich, den Hustenanfall zu stoppen. Doch das Kratzen in seiner Kehle verschlimmerte sich. Kimjin schob ihm schnell das Wasserglas hin, das der Kommissar ihr überreicht hatte.

„Komm, Jack, trink, alles wird gut!"

Sie klopfte ihm abermals, diesmal deutlich stärker, auf den Rücken, und mit zittrigen Händen nahm Jack das Glas entgegen. Dankbar trank er ein paar Schlucke und stellte das Glas dann wieder auf dem Tisch ab.

„Es geht wieder, ich bin womöglich nur erkältet."

Aber er wusste, dass das ganz und gar nicht stimmte. Das war nicht nur eine Erkältung, es war irgendwas

Schlimmeres. Blitzschnell, so dass es die beiden anderen nicht bemerkten, fasste er sich an die Stirn. Sie war glühend heiß, auch konnte er nur noch verschwommen sehen. Hatte der Bonjour etwa eine Nachwirkung? Er krallte erschrocken seine Hände in die Stuhllehne, als der Raum sich zu drehen begann.

„Mr. Evans? Können Sie weitersprechen, oder brauchen Sie noch einen Moment?"

Die Stimme des Kommissars klang gedämpft, wie durch Kopfhörer. Jack kniff die Augen zusammen, um die Mimik des Mannes wahrzunehmen. Alles, was er erkennen konnte, war eine große dunkle Palme, die auf und ab tanzte.

„Ja, ich kann weitererzählen."

Stockend kamen die Worte aus ihm heraus, bis er die Namen Bellamy und Lewis nannte.

„Bellamy und Lewis? Wissen Sie zufällig ihre Nachnamen?", unterbrach ihn der Kommissar.

„Nein, weiß ich nicht. Aber dann hat Afternoon mir eine Pistole zugeworfen und hat gesagt, ich müsse mich entscheiden, wen ich..."

Jacks Stimme versagte komplett, und er würgte.

„Irgendwas ist doch mit dem..."

Die Stimme des Kommissars stoppte abrupt, als Jack sich über seinen Schuhen übergab.

„Das ist Blut! Er spuckt Blut! Er spuckt Blut!"

Kimjin schrie erschrocken auf.

„Jack, hörst du mich, siehst du mich?"

Jack war noch nie in seinem Leben so übel gewesen. Er fühlte sich sterbenselend. Er war bleich wie die Wand, und aus seinem Mund strömte Blut. Aber nicht nur das, auch eine bläuliche Flüssigkeit. Der italienische Bonjour!

Neunzehntes Kapitel

In Ängsten verloren

„Bringen Sie den Jungen in die Notfall-Abteilung! Dr. Harris wird sofort für ihn da sein."

Jack nahm verschwommen wahr, wie eine Ärztin in grünem Kittel den Männern, die ihn auf der Liege schoben, hektisch Anweisungen erteilte.

„Können wir mit in den Raum? Wird er wieder gesund?"

Kimjin und Becca liefen neben ihm her. Becca hielt seine Hand umklammert und wollte sie nicht mehr loslassen.

„Nein, er braucht jetzt Ruhe. Es sieht leider nicht gut für ihn aus. Nick, führen Sie diese aufgeregte Frau und das Mädchen bitte in den Wartebereich! Ich kann mich nicht konzentrieren, wenn sie die ganze Zeit hier herumwuseln."

Er sah noch, wie ein großer, muskulöser Mann Kimjin und Becca an den Armen griff und aus dem Gang zu einer Tür hinauszog, dann wurde er in einen Raum geschoben.

„Schnell, er muss auf den OP-Tisch!"

Die Ärztin half einem der Männer, ihn auf den Operationstisch zu heben. Sein Atem ging rasend schnell, und er musste durchgehend husten.

„Schließt ihn ans Beatmungsgerät an. Ich frage mich, wo Dr. Harris bleibt. Ich werde ihn suchen gehen."

Die Ärztin verließ mit schnellen Schritten den Raum.

„Brauchen Sie noch irgendwas, Wasser vielleicht?"

Jack nickte einem Mann, den er nur als orangefarbenen Fleck wahrnahm, dankbar zu und spürte, wie ihm wieder übel wurde. Er versuchte, es dem Mann mitzuteilen, doch er brachte kein Wort heraus. Als er sich abermals übergab, durchzuckte ihn ein so stechender

Schmerz, dass er aufschrie. Der Mann, der ihm das Wasserglas reichte, erinnerte ihn plötzlich stark an Afternoon.

„Alles wird gut," sagte der mit derselben tiefen, schnarrenden Stimme, die er von Afternoon kannte.

„Sie müssen jetzt für drei Sekunden die Luft anhalten, damit ich Ihnen das Atemgerät anlegen kann."

Jack wurde schwindelig, als er die Luft anhielt und der Mann ihm das Gerät anlegte. Sein Brustkorb hob sich in Sekundenschnelle, und die Luft, die ihm eigentlich durch das Gerät gespendet werden sollte, kam zu langsam. Er hatte das Gefühl, dass es eher Luft aus ihm heraussaugte als spendete. Er wollte schreien, doch das Atemgerät nahm ihm die Stimme. Er versuchte, dem Mann ein Zeichen zu geben, doch dieser hatte seine Hände und Beine schon an sämtliche Kabel so fest angebunden, dass er sich nicht mehr bewegen konnte. Er schüttelte verzweifelt den Kopf, während das Gerät ihm die letzte Luft raubte. Dann sank sein Kopf kraftlos auf das Kissen, und mit einem letzten Schauer schloss er die Augen.

Jack erwachte durch ein stetiges, hohes Piepsen nah an seinem Ohr. Er öffnete die Augen und erschrak, als er von einem gleißenden Licht geblendet wurde, das ihm direkt in die Augen schien.

„Schsch, Sie müssen ruhig bleiben, sonst könnten Sie wieder ohnmächtig werden."

Die Ärztin, die ihn zuvor in den Raum gelotst hatte, beugte sich mit einer Spritze über ihn.

„Das ist die letzte Spritze, dann wissen wir, was Ihnen solche Schmerzen zufügt. Ziehen sie bitte Ihr T-Shirt etwas über die Schulter, damit ich an Ihren Oberarm komme."

Sie sah Jack auffordernd an, und dieser zog sich völlig verdutzt den Ärmel seines Hemdes etwas nach unten. Er konnte wieder alles klar und deutlich sehen und hören, und schlecht war ihm auch nicht mehr. Nur ein leichtes Stechen in seinem Bauch ließ ihn daran erinnern, was passiert war.

„Einmal tief ein- und ausatmen bitte!"

Jack befolgte brav die Anweisungen der Frau und spürte einen kleinen Stich, als die Spritze seine Haut durchstach.

„Warum haben Sie mir das gespritzt? Und wie spät ist es? Haben Sie mir die ganze Zeit als ich...ohnmächtig war, Spritzen gegeben? War das überhaupt ein Beatmungsgerät, was der Mann mir angelegt hat? Es hat sich nämlich eher so angefühlt, als würde es mich aussaugen."

„Oh, so viele Fragen! Ich habe leider keine Zeit zu antworten. Und wenn du schnell hier raus möchtest, dann musst du mich jetzt ins Labor gehen lassen, damit ich die Ursache für deine Schmerzen finden kann. Ach so, und sag Bescheid, wenn du bereit bist, Besuch zu empfangen. Da wartet eine ganze Meute von Kindern vor der Tür. Die haben das ganze Wartezimmer vollgeschrien, damit ich sie zu dir lasse."

Sie wackelte lächelnd mit dem Kopf.

„Du hast wirklich treue Freunde!"

„Ich bin bereit, Besuch zu empfangen", sagte Jack bestimmt, und die Ärztin drückte auf einen roten Knopf, woraufhin sich die Tür öffnete. Becca, Jeremy und Theo stürmten herein.

„Jack, oh mein Gott, Jack!"

Becca setzte sich neben ihn auf die Liege und drückte ihm vorsichtig einen Kuss auf die Wange.

„Ich hab' mir so krasse Sorgen gemacht, als ich hörte, dass du Blut spuckst. Ich dachte erst: Oh, mein Freund ist ein Vampir, aber dann bin ich hierhergekommen und hab deine Schreie gehört. Man hat die übrigens bis ins Wartezimmer gehört, und das ist fünf Zimmer von hier entfernt!"

Jeremy sah ihn besorgt an.

„Mir geht es schon viel besser. Ich habe bloß noch ein kleines Stechen im Bauch, sonst ist alles weg!"

Jack blickte lächelnd in die Runde. Theo war neben ihn auf die Liege gestiegen und dabei, es sich gemütlich zu machen.

„Was ist denn ‚alles'?", fragte Becca und sah ihn forschend an.

„Ach nichts. Sagt mal, wisst ihr jetzt eigentlich, wo Charlie ist?", lenkte Jack schnell von sich ab.

Charlie war, nachdem sie alle beim Arzt gewesen und dann in ein Hotel in Saiville gebracht worden waren, aus seinem Zimmer abgehauen und seitdem verschwunden.

„Ich habe eine Nachricht von ihm bekommen, dass er Zeit braucht, den Tod von Alex zu verkraften, und dass er verspricht, sich nichts anzutun. Er macht sich unglaublich viele Vorwürfe, da er ja eigentlich hätte sterben können. Und Lucy und Mary sind bei Michael und trauern mit ihm. Mehr weiß ich nicht. Und jetzt sag mal, was meinst du mit ‚alles'?"

Becca sah ihn so streng an, dass er schließlich doch antwortete:

„Übelkeit, brutale Schmerzen, meine Augen haben nur noch bunte tanzende Flecken gesehen, meine Ohren waren fast taub, und ich konnte nicht mehr sprechen, und mein Atem ging rasend schnell."

Jeremy lachte auf.

„Der will nur, dass du Mitleid mit ihm hast, dich um ihn kümmerst und ihm leckere Pancakes backst. So viele Schmerzen hält nämlich kein Mensch aus. Wartet mal...das würde meine Theorie erklären, dass Jack ein Vampir ist!"

Jack grinste.

„Du hast recht, Jer, eigentlich hatte ich gar nichts davon und hab alles nur vorgetäuscht, weil ich wollte, dass Becca näherkommt, damit ich sie aussaugen kann!"

Er zog Becca zu sich und tat, als würde er sie mit seinen scharfen Vampirzähnen beißen, woraufhin Becca auf der Liege neben ihm niedersank.

Jeremy und Theo begannen bei ihrem Schauspiel zu lachen, doch als mit einem lauten, unerwarteten Knall hinter ihnen die Tür ins Schloss fiel, verstummten sie abrupt. Die Ärztin drehte sich langsam zu ihnen um.

„Wissen Sie, was Jack hat?"

Becca griff angespannt nach Jacks Hand.

„Ich mache es kurz: Du hast etwas zu dir genommen, in dem ein...Giftstoff enthalten war. Du wurdest vergiftet, und uns gelingt es nicht, dieses Gift aus deinem Körper zu entfernen, weil, weil", sie schluckte schwer, „weil das Gift bereits ein Teil deines Körpers geworden ist. Es ist bereits zu lange in dir und..."

Jack versuchte, etwas zu sagen, doch sie hob gebieterisch die Hand und sprach mit eindringlicher Stimme weiter.

„...natürlich versuchen wir alles, um Deine Schmerzen zu lindern. Du bist jetzt sehr empfindlich. Und solltest Du noch einmal mit einem Messer oder einer Schusswaffe bedroht werden, so kannst du in Sekundenschnelle sterben. Afternoon ist in Haft, deshalb glaube ich nicht, dass du in Gefahr bist, aber sicher kannst du nicht sein. Wir werden dich einige Wochen noch unter Beobachtung halten müssen. Du bist durchtrainiert, dein Körper ist stark, das ist sehr gut. Wir holen gleich deine Sachen, dann kannst du dich von deinen Freunden verabschieden, und wir bringen dich nach Haus Philos. Dort wirst du dich erholen. Es tut mir leid."

Becca war starr vor Schreck. Wie betäubt von den Worten der Ärztin legte Jack einen Arm um sie.

„Er... er kann echt er.., also, er könnte sterben?"

Jeremy blickte die Ärztin entsetzt an. Sie nickte.

Jack schluckte, doch da schüttelte die Ärztin energisch den Kopf.

„Wenn du hart trainierst und das Programm in Philos gut mitmachst, wird es dir schon bald wieder besser gehen."

„Was meinen Sie mit bald?"

Jack sah die Frau mit einem letzten Schimmer von Hoffnung in den Augen fragend an.

„Das kann ich dir nicht sagen. In vier bis acht Wochen, vielleicht."

„Ist die Krankheit sehr schlimm?"

Theo hatte anscheinend kein Wort von dem, was die Ärztin gesagt hatte, verstanden, aber Jack war froh darüber.

„Nein, die ist nicht schlimm. Ich muss nur in so eine Schule, in der man lernt, stärker zu werden, damit man sich verteidigen kann."

Er wandte sich mit einem liebevollen Lächeln Theo zu, doch als er sich wieder zurückdrehte, brach die Verzweiflung aus ihm heraus. Becca umarmte ihn wortlos. Er hatte Gift im Körper! Jetzt musste er sich von Jeremy, Theo, Charlie, Lucy...und Becca verabschieden. Wie sollte er es ohne Becca aushalten? Warum war er vergiftet worden, und war es wirklich das italienische Bonjour-Getränk gewesen? Er schloss die Augen und atmete tief durch. Afternoon war in Haft, es gab keine wirkliche Gefahr mehr. So hatte er bis gerade noch geglaubt. Doch jetzt gab es ein neues Problem. Würde er das alles durchstehen?

„Du musst mir versprechen, dass wir mindestens einmal am Tag schreiben und telefonieren. Damit ich dich und du mich auf den neusten Stand bringen kannst."

Jeremy umarmte Jack.

„Ich werde dich vermissen, Mann."

Jack klopfte ihm aufmunternd auf die Schulter, und dieser machte schnell Platz für Theo, der in Jacks Arme gerannt kam.

„Wer soll denn jetzt mit mir Moderator und Rennauto spielen? Und wer soll mir eine Geschichte erzählen?"

In Theos Augen standen Tränen.

„Das war fies. Kann ich das etwa nicht genauso gut wie Jack?"

Jeremy verschränkte empört die Arme vor der Brust.

„Ich weiß ja nicht..."

Theo musterte Jeremy skeptisch.

Jack bahnte sich durch die beiden einen Weg zu Becca, die sich still abgesondert hatte.

„Hey, ich bin ja bald wieder da."

Becca drehte sich zu ihm und schlang die Arme um seinen Hals.

„Bald? Du bist vier Wochen weg, Blödmann!"

Sie vergrub ihr Gesicht an seiner Brust.

„Ich liebe dich, und das werde ich auch immer noch tun, wenn ich zurückkomme. Und wir können telefonieren und schreiben, so oft und viel du willst. Und..."

„Hör auf, ich weiß das doch alles."

Sie legte ihre Lippen sanft auf seine und begann, ihn leidenschaftlich zu küssen. Jack vergaß für einen Moment alles um sich herum, er konnte nur noch an Becca denken, an ihre weichen Lippen, ihre zarten Hände, die sich in sein Haar gruben, ihr...

„Ich will ja nicht stören, aber Mr. Evans muss jetzt gehen."

Becca löste sich schnell von ihm und strich sich ihre zerzausten Haare wieder glatt.

„Ja, ähm, `tschuldigung, er gehört ganz Ihnen."

Jack küsste sie noch einmal kurz auf die Wange, winkte Jeremy und Theo, nahm seinen Rucksack auf den Rücken und folgte dann einer etwas rundlichen Frau mit einer großen, runden Brille zum Auto. Jeremy, Becca und Theo würden gleich von Kimjin abgeholt werden. Zusammen würden sie zurück ins Camp hinter dem schwarzen Fluss fahren, zurück nach Hause. Vielleicht hatte Charlie sich ja inzwischen beruhigt und würde auch bald folgen. Oder er wartete bereits dort auf sie. In vier Wochen würde er nachkommen. Ihm war klar, dass die Zeit in Haus Philos anstrengend werden würde, schließlich musste sein Körper noch mehr trainiert und gestärkt werden. Aber es würde sich lohnen. Das hatte zumindest die Ärztin versprochen. Und dafür würde er jetzt alles tun.

Zwanzigstes Kapitel

Nate

Berge und Täler, weite Seen mit dunklem Wasser und Fabriken, Häuser, Koppeln mit Kühen, Pferden und Eseln zogen an Jacks Fenster vorbei. Haus Philos, in das er gebracht wurde, lag auf dem Land. Jeder kannte es offenbar, und doch wusste ihm niemand zu erklären, was das wirklich war. Vielleicht ein Bauernhof in den Bergen?

„Ähm, entschuldigen Sie, Sir, wie lange fahren wir noch?"

Jack richtete seine Frage an den großen muskulösen Chauffeur im schwarzen Anzug, der als Antwort etwas Unverständliches in seinen Bart nuschelte.

„Wir sind bald da, Junge, müssen nur noch um zwei Kurven", antwortete die Frau und fixierte Jack durch ihre runde Brille.

Jack lehnte sich zurück und versuchte, sich zu entspannen. Was Jeremy, Becca und Theo wohl gerade machten? Ob sie wohl schon im Camp angekommen waren?

Mit einem überraschenden Ruck stoppte das Auto urplötzlich. Der Chauffeur begann laut zu fluchen, und die Frau stieg blitzschnell aus dem Wagen aus und half einem Jungen, schätzungsweise 16 oder 17 Jahre alt, auf die Füße. Jack hörte, wie sie zu ihm sagte:

„Ach Nate, bist du etwa schon wieder abgehauen? Komm steig ein, wir bringen dich zurück!"

„Lassen Sie mich los, ich bin gesund, okay? Ich muss nicht mehr in dieses beschissene Haus. Sie halten mich darin fest! Verdammt, kapieren Sie's nicht? Ich bin gesund, ich bin geheilt, mein Geist ist wieder okay! Ich verspreche Ihnen, ich werde nicht mehr versuchen, mich umzubringen. Und jetzt bitte lassen Sie mich gehen. Drücken sie ein Auge zu, Sie müssen ihr ja nichts sagen."

Der Junge versuchte, sich aus dem Griff der Frau zu lösen. Doch diese schien überraschend stark zu sein.

„Nichts da. Du steigst jetzt in den Wagen, sofort! Und wenn ich dich noch einmal erwische, wie du versuchst, dich wegzuschleichen, dann bleibst du dein ganzes Leben hier! Wir könnten deinen Eltern nämlich sagen, dass du wieder Aggressions- und Depressionsprobleme bekommen hast und wir dich leider noch ein Jahr hierbehalten müssen. Und noch ein Jahr, und noch ein Jahr!"

Sie schob den Jungen mit Gewalt zu Jack auf die Rückbank und ließ sich schwer atmend wieder auf ihren Platz sinken.

„Hach, wie ich diesen Job hasse", sagte sie mit einem zuckersüßen Lächeln, dann fuhren sie weiter.

„Hi, ich bin Jack. Und du bist Nate, oder?"

Der Junge grummelte nur ein zustimmendes Ja und musterte ihn skeptisch von oben bis unten.

„Hast du auch versucht, dich umzubringen? Du siehst nämlich saumäßig gesund aus. Nimmst du Drogen?"

Jack sah ihn schockiert an.

„Nein, keins von beidem."

„Und warum bist du dann hier? Bist du etwa freiwillig mitgekommen?"

Nate sah ihn entgeistert an.

„Nein! Ich hab' was Schlechtes getrunken, und jetzt ist so ein Gift in meinem Körper, das mich, wenn ich Angst kriege oder mich total unwohl fühle, umbringt. Und deshalb muss ich meinen Körper anscheinend stärken."

Nate prustete los.

„Du gefällst mir."

Er wandte sich an die kleine Frau.

„Kommt Ja.., Jas.., war es Jason? Nein, Jay, nein, nein, nein es war..."

„Jack", half Jack dem stotternden Nate auf die Sprünge.

„Ja, Jack, natürlich! Ich mag deinen Namen. Ich bin übrigens Nate, hatte ich das schon erwähnt? Hatte ich erwähnt, oder? Ich bin manchmal etwas vergesslich."

Jack nickte.

„Ja, hattest du."

Nate fuhr sich verlegen durch seine blonden Locken. Er sah ein bisschen aus wie ein Engel, mit dem Lockenkopf und den klaren, hellblau leuchtenden Augen. Jack war ziemlich groß für sein Alter, genau so groß wie Nate, aber Nate erschien ihm etwas älter.

„Ich meinte, kommt er in mein Zimmer? Das ist doch eh leer, seit Billy sich umgebracht hat."

Die Frau stöhnte bei Nates Worten auf.

„Das hättest du nicht erwähnen müssen, Nathaniel!"

„Ach kommen Sie, es haben sich schon so viele Kinder in Philos umgebracht, Billy war nur einer von ihnen."

Er schien es zu genießen, die Frau zu provozieren.

„Es reicht, halt deinen Mund, oder ich rufe deine Eltern hier und jetzt an!"

Abrupt wich das verschmitzte Grinsen aus Nates Gesicht, und er verstummte.

Das Auto stoppte abermals, aber dieses Mal, weil sie ihr Ziel erreicht hatten. Sie waren an einem großen, etwas heruntergekommenen Gebäude angelangt. Es bestand aus rostrotem Backstein, vereinzelt erhoben sich Ruinen von kleinen Türmchen und Zinnen über dem Dach. Der Park, auf dem nur wenige Bäume standen, wurde von einer hohen, dunkelgrauen Mauer eingefasst. Das ganze Anwesen sah alles andere als einladend aus. In Jacks Augen eher wie ein Gefängnis, aus dem man so schnell nicht wieder rauskommen, und das sich einem für immer einprägen würde.

Ihre Schritte hallten auf dem glatten Marmorboden, als die kleine Frau, Jack und Nate den kahlen, langen Flur des Hauses betraten. Die Wände waren riesig, und die Decke lag weit oben. Ein paar kleine Bilder hingen auf Jacks Augenhöhe, und ein gigantischer Kronleuchter strahlte von der Decke herab und spendete ein gelbliches Licht. Die Frau war mit schnellen Schritten vor zu einem Tresen gelaufen und hatte ein in braunes Leder gebundenes Buch aufgeschlagen.

„Mr. Evans, kommen Sie und unterschreiben Sie hier!"

Jack nahm den Stift entgegen und setzte seine Unterschrift neben seinen Namen, der bereits eingetragen war.

„Gut, hier ist dein Zimmerschlüssel."

Sie überreichte ihm einen alten, rostigen Schlüssel.

„Treppe hoch, dann links abbiegen, fünf große Schritte, dann sieben kleine und dann noch mal vier große laufen, bis du zu der Tür kommst, an der die Zahl 27798353219732 steht."

Jack sah die Frau verwirrt an.

„Ähm, ´tschuldigung, könnten Sie das noch mal wiederholen?"

Die Frau rollte grinsend mit den Augen.

„Das war nur ein Scherz. Du bist in Nates Zimmer, er bringt dich hin. Und ich bin übrigens Jasmin Caar, die Sekretärin dieses Hauses."

Mit diesen Worten kam sie hinter dem Tresen hervor und verschwand durch eine Tür.

„Du bist in meinem Zimmer, wie cool ist das denn?"

Nate schlug Jack freundschaftlich auf den Rücken. Die Treppe, die sie hochliefen, bestand, ebenso wie der Boden, aus Marmor und war blitzblank geputzt. Irgendwie schien es auf jeder Stufe, die sie nach oben liefen, gemütlicher und schöner zu werden. Ein wenig außer Atem erreichten sie schließlich die letzte Stufe. Ein endlos scheinender Gang erstreckte sich vor ihnen. Der Boden war nicht mehr kalt und glatt, sondern mit einem blauen, samtenen Teppich belegt. Auch das Licht, das von oben den Gang erhellte, war blau und die Türen und Wände ebenfalls.

„Willkommen im blauen Gang!"

Nate lief ein paar Schritte, bis er vor einer Tür stand, auf der in goldener Schrift die Zahl 27 stand. Er zückte einen Schlüssel und schloss ihr Zimmer auf. Neugierig trat Jack ein. Es herrschte ein endloses Chaos und überall lagen Flaschen, Chipstüten und anderer Kram herum.

„Oh, tut mir leid, aber ich, ähm, wusste ja nicht, dass ich heute einen neuen Mitbewohner kriege."

Nate beugte sich zum Boden und begann, ein paar Flaschen aufzusammeln.

„Du schmeißt wohl gern Partys?"

Jack ließ seinen Blick durch das Zimmer schweifen. Es war nicht sonderlich klein, aber auch nicht sonderlich groß. Es gab ein riesiges Fenster, vor dem ein kleiner, runder Holztisch mit zwei Stühlen stand. Auch zwei Betten, beide jeweils auf einer Seite des Zimmers, waren vorhanden. Der Boden bestand aus Parkett, in der Mitte lag ein blauer, runder Teppich. Nate hatte inzwischen alles vom Boden aufgehoben und auf ein Bett geschmissen.

„Ja, könnte man so sagen. Ich bin, ehrlich gesagt, ziemlich beliebt hier. Also bei den Mädels."

Er zwinkerte Jack grinsend zu und deutete dann auf das leere Bett.

„Das kann deins sein."

Jack nickte und ließ sich darauf fallen. Er sah Nate dabei zu, wie er allen Müll unter sein Bett schob und sich dann mit einer noch halbvollen Flasche ebenfalls auf sein Bett sinken ließ.

„Wieso bist du hier?"

Jack sah Nate fragend an.

„Ich mag es nicht, so darüber zu sprechen, aber...dir erzähl ich's. Aber ich warne dich schon mal vor, es ist übertrieben, dumm und bescheuert und leichtsinnig und, na ja, egal. Meine Eltern sind reiche Geschäftsleute, und sie hatten nie viel, ehrlich gesagt, überhaupt keine Zeit für mich. In der Schule hatte ich keine Freunde, ich, ich wurde gemobbt, weil ich, ja, ich gebe es zu, ich war ein Streber."

Nate lachte kurz auf, dann sprach er weiter:

„Das mit dem Mobben wurde schlimmer, und ich brauchte jemanden zum Reden, jemand, der mir half. Aber ich konnte nicht zu meinen Lehrern gehen, denn dann hätte ich in der ganzen Schule als Opfer gegolten, der die uncoolen Lehrer um Hilfe bittet. Ich, ich hatte niemanden. Niemanden, dem ich mich hätte anvertrauen können, und deshalb, eines Tages, ließ unser Koch das Messer liegen, und ich, ich griff es mir und..."

Nate schloss kurz die Augen und schluckte schwer.

„Ich hab mir das hier angetan und wäre fast gestorben."

Er zog seinen Ärmel etwas zurück und zeigte Jack eine vernarbte Schnittwunde an seinem Handgelenk.

„Ich habe nur ein kleines Stück danebengetroffen."

Jack sah, wie Nate die Lippen zusammenpresste.

„Zum Glück fand mich meine Mutter am Boden liegend und holte den Notarzt. Als ich aufwachte, hatten meine Eltern schon die Entscheidung getroffen, mich nach Philos zu geben. Ich war damals vierzehn. Jetzt bin ich achtzehn, ich war verdammte vier Jahre hier drin! Findest du nicht auch, das reicht? Aber sie lassen mich nicht raus, aus irgendeinem Grund. Vielleicht zahlen meine Eltern ihnen viel Geld, damit sie mich hier festhalten."

Nate nahm einen großen Schluck.

„Schon am frühen Abend betrinken, und dann auch noch ohne mich! Was ist los mit dir?"

Ein stark geschminktes Mädchen mit langem, wunderschön glänzendem Haar trat in ihr Zimmer. Sie trug ein kurzes, weißes Top, einen schwarzen, enganliegenden Minirock und dazu hochhackige Schuhe.

„Oh, hey Jess, darf ich dir meinen Freund Jack vorstellen?"

Nate deutete auf Jack.

„Uh! Kommst du aus Italien oder so? Deine Haut ist so südländisch getönt! Und genau die richtige Größe und diese Haare!"

Sie ließ sich neben Jack fallen und legte einen Arm um ihn.

„Nett, dich kennenzulernen, Jess", sagte er und nahm, verschmitzt lächelnd, ihren Arm von seinen Schultern.

„Wie alt ist er?", richtete sie die Frage an Nate.

„Sechzehn, siebzehn schätze ich mal. Und ich will nicht unfreundlich sein, aber wir haben noch viel zu bereden so von Mann zu Mann, versteht sich. Könntest du uns für ein paar Minuten alleine lassen?"

Das Mädchen schien keine Anstalten zu machen, sich von Jacks Bett zu erheben.

„Jessica, bitte", versuchte es Nate erneut, und schließlich erhob sie sich seufzend.

„Schön! Wir sehen uns beim Abendessen, Süßer."

Sie zwinkerte Jack verführerisch zu und verließ das Zimmer.

„Ah, das meintest du also mit beliebt bei den Mädchen!"

Jack strich sich verlegen durchs Haar.

„Nun ja, ich habe Jess vor zwei Jahren hier kennengelernt. Sie kam hierher, weil sie heimlich Drogen nahm. Wir haben uns auf Anhieb gut verstanden und zusammen die besten Partys hier gefeiert. Dann, vor einem Jahr, kamen Joshua, Blake, Ava und Hazel hierher, du wirst sie nachher noch kennenlernen. Warum sie hier sind, weiß ich nicht so genau, aber es war sofort klar, dass sie wie Jess und ich ticken. Und zu guter Letzt kam Amara zu unserer Clique. Sie ist schon sehr lange hier, den Grund weiß ich, ehrlich gesagt, auch nicht, aber es muss irgendwas Schlimmes gewesen sein. Sie ist die, die sich am wenigsten an Regeln hält. Wir sind sozusagen die „Gegen-die-Regeln-verstoßen" – Gruppe. Wir halten Philos für Schwachsinn und wollen einfach nur Spaß haben, wenn wir hier schon eingesperrt sind. Also, wenn du uns verpetzt, wenn wir heimlich eine Party schmeißen, dann kriegst du es mit uns zu tun. Ich würde dir raten, einfach mitzumachen. Ich mag dich, echt, und Jess scheint dich, glaub ich, noch mehr zu mögen. Feier einfach mit, du musst dich ja auch nicht so sehr betrinken, wie wir es jeden Abend machen."

Nate zwinkerte ihm verschwörerisch zu.

„Nein, Scherz. Hab schon verstanden, dass du es eher ruhig haben willst. Na ja, die Partys machen echt Spaß, und du verpasst echt was, wenn du nicht mitmachst. Und jetzt komm, ich stell dich meinen Freunden vor."

Nate zog ihn auf die Beine, wuschelte ihm durchs Haar und überprüfte ihn noch einmal mit einem schließlich zufriedenen Blick und lief dann mit schnellen Schritten und einem breiten Grinsen aus dem Zimmer.

Um Punkt 20:00 Uhr betraten Jack und Nate den Speisesaal. Mehrere runde Tische, um die immer mindestens acht Stühle gestellt waren, befanden sich darin. Von mehreren Kronleuchtern, die nicht ganz so prunkvoll waren wie die in der Eingangshalle, wurde ein helles Licht gespendet.

„Nate, Jack, kommt hierher!", befahl eine Jack bereits allzu gut bekannte Stimme.

Sofort zog Nate ihn an einen Tisch, der bis auf zwei Plätze mit vier Mädchen und zwei Jungen besetzt war, die Jessica und Nate alle sehr ähnelten.

„Das ist der süße Junge, von dem ich euch erzählt habe."

Jessica sah ihre Freundinnen vielsagend an.

„Jack, das sind meine Freundinnen Ava, Amara und Hazel."

Sie deutete auf ein Mädchen mit langem, blondem Haar, einem mit kurz geschnittenem schwarzem Haar und einem mit halblangem, welligem braunem Haar.

„Und das sind Joshua und Blake."

Ein Junge mit schwarzem und ein Junge mit braunem Haar, dessen Spitzen weiß gefärbt waren, nickten ihm kurz zu.

„Wie sieht es aus, Nate, bringst du ihn heute mit auf meine Party?"

Der Junge mit dem braunen Haar lächelte Jack schief zu.

„Je nachdem, hast du Lust?"

Nate sah Jack fragend an und schöpfte sich großzügig Suppe in die Schüssel.

„Ja, okay."

Jessica grinste.

„Die Party wird noch besser, als ich dachte."

Jack schluckte. War es eine gute Idee gewesen, zuzusagen?

„Ich möchte Jack Evans bitten, morgen früh noch vor dem Frühstück ins Büro der Sekretärin zu kommen, vielen Dank."

Ein Murmeln machte sich nach dieser Lautsprecherdurchsage im Saal breit, und Jack konnte die Worte „Was, der neue heißt Evans?" „Das ist jetzt nicht war, oder? Evans? Ernsthaft?" heraushören.

„Jack, heißt du Evans mit Nachnamen?", richtete Nate die Frage an ihn.

„Ja, wieso?"

„Ach, nur so. Vielleicht gehen wir heute Abend doch nicht auf die Party, nimm es nicht persönlich, aber ich brauch auch mal einen Tag Pause."

„Was redest du für einen Quatsch? Ihr kommt, es ist mir egal, wie er mit Nachnamen heißt!"

Jessica warf Nate einen langen, vielsagenden Blick zu, und schließlich nickte er.

„Okay, wir kommen."

Einundzwanzigstes Kapitel

Einunddreißig Runden

Mit dröhnendem Kopf ließ Jack sich in den Sessel im Büro der Sekretärin fallen. Er konnte sich an nichts mehr vom gestrigen Abend erinnern, nur noch, dass er und Nate in einen überfüllten Raum mit lauter Musik getreten waren und Joshua ihm einen Drink angeboten hatte. Er war heute morgen neben Ava, der Freundin von Jessica, aufgewacht, und das beunruhigte ihn zutiefst.

„Guten Morgen, Jack, haben Sie gut geschlafen?"

Mrs. Caar setze sich auf ihren Schreibtischstuhl.

„Hm ja", machte Jack nur und rieb sich müde übers Gesicht.

„Gut, denn heute wird ein anstrengender Tag. Sie haben zuerst Yoga, dabei werden Sie sich hauptsächlich dehnen und entspannen, dann joggen Sie mit ihrem Privatlehrer um den Park. Danach gibt es Essen, dann ist Mittagspause, und dann geht es gleich weiter mit Krafttraining, und am Abend gibt es ein Entspannungsprogramm."

Jack hätte beinahe lustlos gegähnt. Zum Glück konnte er sich noch zu einem freundlichen Nicken zwingen.

„Hier ist Ihr Plan, da steht nochmals, wo Sie sich mit den jeweiligen Leuten treffen, ich wünsche Ihnen viel Spaß und Erfolg!"

Sie schüttelte Jack die Hand, und dieser erhob sich und verließ, noch leicht schwankend, den Raum. Vier Wochen, vier lange Wochen würden die Tage jetzt immer nach diesem Plan ablaufen. Aber ein Tag war bereits vorbei, und die nächsten würde er ebenfalls überleben. Und dann konnte er Becca, Jeremy, Theo und Charlie wiedersehen, und dafür würde es sich lohnen.

Jack fiel schwer atmend neben Nate und Jessica nieder. Als er zu seinem Privattrainer gegangen war, um mit ihm zu joggen, hatte der ihn erstmal mit anspruchsvollen Übungen überprüft. Jack hatte sie schließlich vollkommen fertig auf dem Boden liegend beendet. Doch sein Trainer hatte ihn gnadenlos wieder auf die Beine gezogen und gesagt: „Komm Junge, tu nicht so schwach, du bist gut durchtrainiert, und ich wette mit dir, dass du mehr als dreißig Runden ohne Pause um den Park schaffst!"

Jack hatte einunddreißig Runden aber nur mit sehr viel Mühe geschafft, denn der Park war riesig, und sein Lehrer hatte keine einzige Pause zugelassen.

„Ich weiß, wie du dich fühlst. Als ich hier ankam, war ich auch bei diesem Lehrer und musste ganze elf Runden rennen, da war ich ganz schön aus der Puste, sag ich dir!"

Nate legte ihm freundschaftlich einen Arm um die Schulter.

„Ja, nur musste Jack dreißig Runden rennen."

Jessica nahm grinsend einen Schluck ihres Vitaminsaftes. Nate hüstelte.

„Du musstest dreißig Runden rennen?"

„Genau genommen ist er einunddreißig Runden gerannt. Ava, Amara, Hazel und ich haben Yoga geschwänzt und ihm vom Balkon aus zugeguckt."

Sie begann beim Anblick von Nates fassungslosem Gesicht zu lachen, goss Jack gleich zwei Gläser voll und reichte sie ihm.

„Die scheinen dich ganz schön fertig machen zu wollen."

Nate schlug ihm mitfühlend auf die Schulter.

„Du tust mir leid, vor allem, weil du ja..."

„Nate!"

Jessica sah ihn mit einem vernichtenden Blick an.

„Willst du nicht noch etwas von diesem leckeren Vitaminsaft?", redete sie weiter, als sie bemerkte, wie Jack sie fragend anschaute.

„Ja, ich habe gerade so einen Durst bekommen!"

Nate griff dankbar nach dem Glas und trank alles mit einem Schluck aus.

„Das tat gut. Tut mir leid, manchmal bekomme ich einfach so richtig schlimmen Durst und muss dann was trinken."

Jack sah verwirrt von Nate zu Jessica. Natürlich merkte er, dass die beiden ihm nur etwas vormachten, und Nate ihm eigentlich etwas Wichtiges hätte sagen wollen. Aber ihm war auch klar, dass er diese Information heute wohl eher nicht erfahren würde.

„Äh, ja. Ich ähm, muss los, wir sehen uns."

Er erhob sich und lief mit schnellen Schritten aus dem Raum. Er hörte Jessica noch: „Das war ja mal so was von knapp" sagen und erleichtert aufatmen, dann trat er in den Gang, und das Stimmengewirr verstummte.

Was hatte Nate ihm sagen wollen? Und warum hielt Jessica ihn davon zurück? Hatte es etwas mit seinem Nachnamen zu tun? Gedankenversunken schlenderte Jack den Gang entlang. Gleich würde er zum Krafttraining gehen, und dann würde es ein Entspannungsprogramm geben. Drei Wochen und fünf Tage, dann war er hier weg. Jack hatte ernsthaft schon überlegt, einen Kalender anzulegen und die Tage darauf abzukreuzen. Aber dann war ihm diese Idee doch irgendwie dämlich vorgekommen. Und Nate schien ganz nett zu sein, abgesehen davon, dass er ein ziemlicher Playboy war. Aber Jack hatte nichts dagegen, sich mit ihm anzufreunden. Dann war er zumindest nicht allein und hatte jemanden, mit dem er Spaß haben und auch über ernste Dinge reden konnte. Doch dass Jessica und Nate ihm etwas verschwiegen, gefiel ihm gar nicht, und der Gedanke, dass es etwas mit Afternoon zu tun haben könnte, war ihm schon mehr als einmal gekommen. Er hatte sein Zimmer erreicht, ließ sich auf den Boden sinken, lehnte seinen Kopf an die Wand und kramte in seinem und Nates Erste Hilfe - Kasten nach einer Salbe und einem Pflaster für die Blasen, die sich nach dem Rennen an seinen Füßen gebildet hatten. Er fand zwar keine Salbe, aber ein Döschen, auf dem stand, dass es Schmerzen lindert, und plötzlich stutzte Jack. Schon den ganzen gestrigen und heutigen Tag hatte er keinerlei Schmerzen verspürt. Er hatte vergessen, dass er wegen dieser Krankheit hier war. Noch nicht einmal das kleinste Stechen verspürte er, auch keine Übelkeit oder ähnliches. Hatte die Ärztin ihm nochmals ein Schmerzmittel gegeben, bevor er aus dem Krankenhaus entlassen worden war? Er konnte sich nicht daran erinnern. Schnell nahm er eine Tablette aus der Dose, ergriff eine auf dem Boden stehende, noch halb volle Cola Flasche und spülte sie sich damit hinunter. Ihm wurde kurz schwindelig, dann spürte er, wie allmählich eine Art Energiewelle seinen Körper zu durchfluten schien, und er fühlte sich so gut wie schon lange nicht mehr.

Die Zeit war wie im Flug vergangen, und die vierte Woche begann. Seit er in Philos war, hatte er jeden Abend mit Becca, Jeremy, Theo und auch Charlie telefoniert, der wieder aufgetaucht war. Und an den strikten Zeitplan hatte er sich längst gewöhnt.

„Du bist ein wahrer Freund, weißt du das? Und jetzt haust du in fünf Tagen einfach wieder ab. Meinst du, du könntest mich mitnehmen?"

Nate lag auf seinem Bett und starrte gedankenverloren an die Decke.

„Klar, ich lass dich doch nicht alleine in diesem Irrenhaus zurück."

Jack ließ sich ebenfalls in sein Bett fallen und zog sich die Decke über.

„Im Ernst jetzt? Du würdest mich mitnehmen?"

Nate stützte sich auf einen Ellenbogen, so dass er zu Jack sehen konnte.

„Ja, im Ernst", bestätigte Jack und begann zu lachen, als Nate aus dem Bett und vor Freude in die Luft sprang.

„Weißt du noch an meinem zweiten Tag hier? Du wolltest mir etwas sagen, aber Jess hat dich davon abgehalten. Mit dem Vitaminsaft, weißt du noch?", half Jack dem ahnungslosen Nate auf die Sprünge.

„Ahhh! Und ich Dummkopf dachte, du hättest das vergessen."

Jack schüttete den Kopf.

„Jack, ich, ich kann es dir nicht sagen. Das steht mir nicht zu. Aber ich bin sicher, du wirst es vor deiner Abreise noch erfahren."

Nate drehte ihm den Rücken zu und knipste sein Nachttischlicht aus.

„Gute Nacht dann, ähm ja."

Jack spürte, wie unwohl Nate sich in dieser Lage fühlte und knipste ebenfalls sein Licht aus.

„Ja, bis morgen. Hey, was ist eigentlich mit all den Leuten hier los, es ist so leise hier und wieso schmeißt niemand eine Party? Ich meine, wir sind vor 22:00 Uhr im Bett, sonst feiern wir immer bis morgens!"

Heute waren schon den ganzen Tag alle so still und brav gewesen. Jessica und ihre Clique hatten sich viel weniger geschminkt als sonst und trugen Jeans statt

Miniröcken, keine bauchfreien Shirts und auch keine hochhackigen Schuhe. Und Joshua, Blake und Nate hatten nicht wie sonst große T-Shirts und weite Jogging Hosen an, sondern ebenfalls Jeans und Hemden.

„Die Chefin dieser Organisation is' aus'm Urlaub wiedergekommen", nuschelte Nate schon im Halbschlaf, dann schloss auch Jack die Augen.

Zweiundzwanzigstes Kapitel

Die Wahrheit

Mit einem Lächeln im Gesicht öffnete Jack die Augen. Heute würde er zurückfahren, zurück nach Hause, zu Becca, Jeremy, Charlie und Theo. Er schwang sich aus dem Bett, streifte sich ein T-Shirt und seine Jeans über und verließ den Raum in Richtung Speisesaal. Gut gelaunt kam er an dem Tisch an, an dem er auch die letzten Wochen immer gesessen hatte und setzte sich neben Nate, der ihm zur Begrüßung kurz zunickte. Es war so unendlich still, dass Jack es schließlich nicht mehr aushielt.

„Was ist denn hier los?"

Er sah jeden seiner Freunde der Reihe nach prüfend an.

„Ach nichts, ich hab' nur total schlechte Laune."

Joshua stocherte missmutig mit der Gabel in seinem Rührei.

„Ja, ich auch. Kennst du das nicht, wenn du morgens mit dem falschen Bein aufstehst? Und schon von Anfang an weißt, dass heute ein total mieser Tag wird?"

Nate sah ihn aus müden Augen fragend an.

„Ihr wollt mir also erzählen, dass ihr alle heute grundlos schlecht gelaunt seid?"

Ava, Amara, Hazel, Jessica, Blake, Joshua und Nate nickten wie auf Kommando alle gleichzeitig.

„Hm, irgendwie nehme ich euch das nicht ab."

„Jack Evans, bitte augenblicklich in Zimmer 112!"

Jack sah sich verwundert um.

„Was ist in 112?"

„Das ist das Zimmer der Chefin."

Blake biss etwas von seinem Marmeladenbrötchen ab.

„Okay, dann sehen wir uns."

Jack erhob sich, verließ den Saal und lief die Treppen hoch bis zu Zimmer 112. Was wollte diese Chefin von ihm? Zaghaft klopfte er an die schöne, aus blankem, edlem Holz gefertigte Tür.

„Herein", schellte eine Stimme von innen.

Jack öffnete vorsichtig die Tür, doch als er sah, wer hinter dem Schreibtisch saß, erstarrte er. Natürlich, er konnte sich täuschen, es gab viele Frauen, die so aussahen, doch gingen ihm sofort die Worte der aufgeregten Menge durch den Kopf: ‚Was? Der neue heißt Evans?‘ ‚Das ist jetzt nicht wahr, oder? Evans? Ernsthaft?‘

Jack schluckte schwer, sein Herz schlug rasend schnell.

„Jack, ich, ich bin es, Laynia, deine..."

Sie brach ab. Jack war geschockt. Er starrte die fremde Frau mit großen Augen an - seine Mutter! So oft hatte sich Jack das Wiedersehen mit seiner Mutter vorgestellt, von ihm geträumt, es ersehnt, und nun saß sie hier, als Chefin von Philos, einer Anstalt für Kinder und Jugendliche. Kurz erschien ihm sein Traum, in dem er Afternoon durch den dunklen Gang zu einer Tür gefolgt war und dahinter seine Mutter von Dienern umgeben in einem großen vergoldeten Saal vorgefunden hatte. Sie hatte ihn nicht beachtet und einen Pfeil mitten durch sein Herz geschossen. Seit diesem Traum war er unendlich wütend auf sie, doch nun, wo er tatsächlich vor ihr stand, kam nicht einmal das kleinste Anzeichen von Wut in ihm auf. Sie saß da, in dem großen Sessel, und sah ihn voller Liebe an. Ihr Blick war so warm, dass es Jack überwältigte.

Seine Mutter erhob sich aus dem Sessel und trat langsam einen Schritt auf ihn zu. Sie war einen Kopf kleiner als er, aber ihr Haar glänzte so wunderschön wie auf den Fotos, und ihre Augen leuchteten in einem sanften Grün. Sie war es, zweifellos.

„Jack, ich, ich, es tut mir alles so unendlich leid, du weißt nicht, wie sehr ich dich jeden Tag vermisst habe."

Nun strömten die Tränen über ihre blassen Wangen. Sie fasste sanft nach seiner Hand und strich mit federleichten Zügen darüber. Jack fühlte sich mit einem Mal so klein, als sei er fünf Jahre alt und seine Mutter würde ihn trösten, weil er sich mit seinem besten Freund gestritten hatte. Er wollte etwas sagen, aber brachte kein Wort heraus. Laynia sah ihm in die Augen, und schließlich legte er die Arme um sie. Er hatte lange nach ihr gesucht, und nun hatte er sie, hatte sie ihn gefunden. So gut, wieder jemanden zu haben, von dem man wusste, dass er einen für immer lieben würde und für einen da war. Jack löste sich sanft aus der Umarmung und griff nach ihren Händen.

„Schau, wie groß und wunderschön du geworden bist!"

Sie zog ein kleines Bild aus ihrer Hosentasche.

„Das trage ich immer bei mir."

Ein kleines Baby war darauf zu sehen. Es hatte braune Augen, und an den ersten Haaren konnte man ihren schwarzen Ton erkennen. Sie zog ihn an der Hand zu einem kleinen, an der hintersten Wand stehenden Sofa.

„Ich weiß, ich habe so viel verpasst, aber vielleicht könntest du mir ja ein wenig aus deinem Leben erzählen. Wie geht es dir in der Schule?"

Sie sah ihn so freundlich an, dass Jack gar nicht anders konnte, als sie anzulächeln.

„Ich gehe nicht in die Schule und bin nie in eine gegangen. Als Dad tot war, habe ich mich auf die Suche nach dir gemacht. Von einem fremden Mann erfuhr ich, dass du in Jeacksonwill bist, also bin ich dort hingegangen. Ich habe da auf der Straße gelebt, in einer Gasse, der Whilfoldstreet. Aber ich war, seitdem Dad umgebracht worden ist, immer so voller Angst, vor der Dunkelheit, vor allem. Und schließlich hat mich ein Mann namens

Soonmary Winterbottem gefunden, na ja, eigentlich hieß er Jacob Waadter, wie ich später herausfand. Er hat mich bei sich aufgenommen, nur, dass er nicht in einem normalen Haus, sondern in einer Art Internat lebte. Ein Camp, in dem man lernt, seine Angst zu überwinden."

Laynia hörte ihm zu und Jack erzählte weiter und weiter. Es fühlte sich so gut an, mit jemandem über alles zu reden, alles zu erzählen, was ihm geschehen war. Als Jack zu der Stelle kam, an dem das Camp von Afternoon in die Luft gesprengt worden war, sah er das Entsetzen in ihren Augen.

„...und dann haben wir herausgefunden, dass Oscar und Alex Davies eigentlich Michael und Alex Afternoon hießen."

Laynia blickte stumm zu Boden.

„Ich weiß, dass Alex mein Halbbruder war."

„Wieso war?"

Laynia sah erschrocken auf.

„Afternoon hat ihn umgebracht", erwiderte Jack vorsichtig.

„Alex ist, er ist tot?"

Jack nickte traurig.

„Ja."

Laynia sprang auf und fiel sofort wieder auf ihren Sitz zurück.

„Afternoon wurde festgenommen, und ich dachte, jetzt wäre alles gut, aber dann haben mir die Ärzte gesagt, dass Gift in meinem Körper ist, deshalb wurde ich hier eingeliefert. Aber heute kann ich wieder zurück zu meinen Freunden, in mein Zuhause."

„Jack, Jack, du wirst heute nicht nach Hause können."

Laynias Stimme klang schwach.

Er sah sie verständnislos an.

„Warum nicht? Ist irgendwas mit dem Gift noch? Oder...“

„Jack, Afternoon ist nicht mehr in Haft. Er ist ausgebrochen, schon vor einer Woche, und ich kann dich da jetzt nicht rauslassen.“

Jack spürte, wie Wut in ihm aufkam.

„Aber ich will nach Hause. Ich denke nämlich nicht, dass Afternoon auf der Straße Autos anhält, um die darin sitzenden Leute zu erschießen! Wenn meine Krankheit schlimmer geworden ist, dann sag es mir jetzt!“

Er ballte seine Hände zu Fäusten.

„Jack, versteh doch, es gibt keine Krankheit. Ich habe die Ärztin gebeten, dich hier einweisen zu lassen. Ich wollte, dass wir endlich wieder zusammen sind.“

Jack gab einen fassungslosen Laut von sich.

„Was? Ich bin gar nicht krank? Diese Krankheit gibt es nicht? Weißt du eigentlich, wie entsetzlich ich mich gefühlt habe? Ich dachte, ich würde jeden Moment einfach tot umfallen!“

Jack war mit einem Mal so wütend, dass er mühsam damit kämpfte, sich unter Kontrolle zu halten und nicht loszuschreien. Laynia streckte ihm hilflos die Arme entgegen.

„Jack, bitte versteh mich, ich musste dich beschützen und ich wollte dich sehen!“

„Ja verdammt, ich dich auch, mein Leben lang! Wenn du die ganze Zeit wusstest, wo ich war, warum bist du nicht gekommen, um mir zu helfen?“

Er sprang auf.

„Jack, eines Tages wirst du es verstehen. Glaube mir! Ich musste dich schützen. Und das ging jahrelang nur, indem ich mich von dir fernhielt. Es hat mir fast das Herz gebrochen. Doch jetzt war endlich der Zeitpunkt gekommen, jetzt konnte ich dich zu mir holen. Es musste alles so unauffällig wie möglich geschehen. Alles ist so viel komplizierter, als du es dir vorstellen kannst. Es tut mir so leid!"

Laynia wollte nach seiner Hand greifen, aber er zog sie weg.

„Ach ja? Ich glaub dir kein Wort! Warum erklärst du es mir nicht? Mir tut nur leid, dass ich einen kurzen Moment dachte, du seist anders als in meinen Träumen. Ich war gerade so dumm zu glauben, dass ich dir noch eine Chance geben könnte, dass wir dieses...Verhältnis, keine Ahnung, wie man das nennt, haben könnten, so wie es Mutter und Kind eben haben."

Mit diesen Worten stürmte aus dem Zimmer.

Er würde heute nicht zurück nach Hause gehen. Er wurde hier in diesem Haus gefangen gehalten. So fühlte es sich zumindest an. Aber eins war ihm klar, er musste hier raus. Er musste zu Becca, zu Jeremy, Theo und Charlie. Und ihm war klar, dass er dafür die Hilfe von jemandem brauchen würde, von jemandem, der schon oft versucht hatte, auszubrechen.

Schnellen Schrittes lief er den blauen Gang auf dem Weg zu seinem und Nates Zimmer hinunter. Er war rasend vor Wut, seine Hände hatten sich zu Fäusten geballt. Doch trotz seines Zorns versuchte er, klar zu denken. Er brauchte einen Ausweg, er musste fliehen! Plötzlich prallte er mit jemandem zusammen.

„Woah, langsam Kumpel."

Nate legte ihm beruhigend eine Hand auf die Schulter, als er sah, wie aufgebracht Jack war.

„Was ist passiert? Hat die Direktorin ihr wahres Gesicht gezeigt?"

Jack schüttelte Nates Hand von seiner Schulter, umfasste stattdessen mit festem Griff seine Arme und sah ihm durchdringend in die Augen.

„Jetzt wird's ernst", murmelte Nate nur, von Jacks Heftigkeit überrascht.

„Nate, ich brauche deine Hilfe. Ich muss hier raus."
Nate schmunzelte.

„So gefällst du mir. Und ich verspreche dir bei meinem linken Zeh, ich mag meinen linken Zeh sehr gerne, musst du wissen, dass ich uns hier rausbringe."

Kurz sahen sie sich an, ein Anflug von Erleichterung kam in Jacks Blick. Und plötzlich pfiff Nate triumphierend.

„Und weißt du was? Ich weiß auch schon wie!"

Jacks Augen strahlten. Nate hatte einen Plan, der sie schnell hier rausbringen würde! Er packte seinen Freund beim Arm und zog ihn in ihr gemeinsames Zimmer. Dort kramte er einen Stapel Papiere aus der untersten Schublade seines Nachttisches und ließ sich auf das Bett fallen. Nate setze sich neben ihn.

„Was ist das?", erkundigte sich Nate und nahm Jack einen weißen Umschlag aus der Hand.

„Briefe", antwortete Jack knapp.

„Wofür brauchen wir d...".

Jack legte seine Hand auf Nates Mund. Er musste sich jetzt konzentrieren und konnte Nates stetige Fragerei dabei nicht gebrauchen.

„Ich suche was."

Dann hatte er es gefunden, einen Brief, den sein bester Freund Jeremy ihm geschrieben hatte. Als Nate begann, seine Hand abzulecken, nahm er sie angeekelt von seinem Mund und wischte sie in dessen Gesicht ab. Er ließ Nate keine Zeit zu fluchen, da er den Brief bereits aus dem Kuvert gezogen hatte und das Papier jetzt Nates volle Aufmerksamkeit auf sich zog.

„Wir gehen auf Schatzsuche?", fragte Nate aufgeregt.

Doch Jack schüttelte nur den Kopf.

„Nein, das ist die Karte vom Camp, von dem ich dir erzählt habe. Nur mit dieser Karte schafft man es, das Labyrinth, das vor dem Camp liegt, zu durchdringen."

„Klingt ja abgefahren", kommentierte Nate und nahm sich den Anhang der Karte, der auf den Boden gefallen war. Es war ein Brief.

„Mann Jack,

wir vermissen dich alle total. Also halt total, total. Wir brauchen hier echt alle deinen seelischen Beistand und diesen einen coolen schwarzen Pulli, den du hast, den wir uns alle immer klauen, was du aber nie merkst. Oh, jetzt habe ich es dir verraten! Tu einfach so, als hätte ich das nicht gesagt. Na ja, deinen seelischen Beistand brauchen wir eigentlich nicht wirklich. Uns geht es nämlich ziemlich gut. Ich spiel mit Theo jetzt immer Rennauto und Moderator, und Becca fotografiert die ganze Zeit. Sie ist echt total gut! Ich glaub, sie könnte mal Fotografin werden. Aber halt so eine Profi-Fotografin, die dann halt so durch die ganze Welt reist und Fotos von Nilpferden und so macht. Ich glaub, sie vermisst dich sehr, sehr, sehr doll. Immer, wenn wir irgendwo zu viert sind, redet sie davon, wie viel schöner es wäre, wenn du jetzt auch hier wärst. Und wenn wir dann mal in ein Gespräch vertieft sind, sagt sie etwas, was halt einer von deinen typischen Sätzen ist, also, was du halt immer so sagst und sagt dann: `das hätte Jack jetzt gesagt´. Charlie bringt sich selbst, ich denke, um sich von Alex' Tod..."

Nate stoppte abrupt, merkte jedoch an Jacks Blick, dass dieser jetzt nicht weiter darauf eingehen wollte und las weiter.

„...abzulenken, koreanisch bei. So ching, chang, chong und so. Es sind neue Kinder und neue Lehrer gekommen. Die sind alle total nett. Ein Junge, den ich jetzt neu unterrichte, gefällt mir besonders. Der ist vom Charakter her genauso wie du. Also etwas, na ja, das ist leicht untertrieben, komisch im Kopf, wenn man es jetzt mal nett ausdrückt. Nein, war nur Spaß. Ich hab dir die Karte geschickt, falls es mal irgendeinen Notfall gibt und du es überhaupt nicht mehr in Philos aushältst. Damit du einfach abhauen kannst und dann ins Camp kommst. Ich hoffe ja, dass irgendwas Schlimmes passiert, damit du ausbrechen willst. Nicht, weil ich dich vermisse oder so. Hust, hust. Sondern weil ich deinen schwarzen Pulli endlich wieder klauen will. Uh, und diese super schicke Lederjacke! Aber ich glaube, die steht nur dir...fühl dich geboxt, dein Jer

PS: Das mit dem, dass ich dich nicht vermisse, war übrigens ein Scherz. Aber ich glaub, das weißt du, weil du mich kennst. Na ja, ich wollte das nur noch mal klarstellen, weil dein Gehirn manchmal etwas länger braucht. So, jetzt aber wirklich: Arrivederci! Oh, und wehe, du lässt den Pulli in Philos liegen! Dann schick ich dich da aber sowas von wieder hin zurück!

Nate lachte laut.

„Dieser Jer gefällt mir. Der ist fast so lustig wie ich!"

Jack nickte lächelnd beim Gedanken an den offenbar glücklich im Camp lebenden Jeremy.

„Deswegen also war mein Pulli immer weg, wieso habe ich nie bemerkt, dass Becca, Jeremy oder Charlie ihn anhatten?"

Jack sah an sich herunter. Der schwarze Pulli hielt ihn schön warm.

„Also flüchten wir in dieses Camp hinter dem Schwarzen Fluss?", fragte der wieder seriös gewordene Nate und Jack nickte.

„Ja, jetzt steht uns nichts mehr im Weg!"

Jack richtete seinen Blick aus dem Fenster. In der Ferne sah man die Berge. Unverhofft hatte er seine Mutter gefunden und ebenso schnell wieder verloren. Dennoch war sein Herz nicht schwer. Die Wut, die ihn lange Zeit gefangen gehalten hatte, war verschwunden. Bei dem Gedanken, bald wieder im Camp zu sein, bei seinen Freunden, bei Becca, fühlte er sich stark und glücklich, denn er spürte ganz klar, dass dort sein Platz war, sein Zuhause, seine Familie.

Nachwort

Mit Beendigung von Dark River war für mich klar, dass die Geschichte noch weitergehen muss. Jack und seine Freunde waren zum Leben erweckt und Teil meiner Familie geworden.

Beim Schreiben des zweiten Bandes haben mich ihre Abenteuer sofort wieder in den Bann gezogen, und es hat mir großen Spaß gemacht, den Weg weiter zu erzählen.

Viele meiner Freundinnen und Freunde, die den ersten Band gelesen hatten, haben mir dabei Anregungen gegeben. Franzi und Frieda, mit euch habe ich im Physikunterricht die Liebesgeschichten weitergesponnen, und wir haben die Personen immer wieder neu miteinander verknüpft.

Meine Schwestern Rebekka und Valentina waren meine ersten Zuhörerinnen. In den Ferien habe ich ihnen jeden Abend ein neues Kapitel vorgelesen. Und da sie wissen wollten, wie es weitergeht, musste bis zum folgenden Abend das nächste Kapitel schon ausgedacht und aufgeschrieben sein.

Ich habe so viele ermutigende Worte und so viel Zuspruch von meiner ganzen Familie und von meinen Freundinnen und Freunden erhalten, dass ich mich dafür ganz herzlich bedanken möchte.

Von ganzem Herzen danke ich meiner Oma Eva, die auch bei diesem zweiten Band den Text redigiert, das Layout und die Druckvorlage erstellt und die Veröffentlichung organisiert hat.

Eure Milena